La Vieja Guardia™

A través del tiempo

Estos son cuentos de hadas con sangre y balas.

Estas son las historias de un grupo de hombres y mujeres que no podían morir. Casi.

La más anciana tiene 6732 años. O eso cree. La más joven tiene 27.

Juntos, tienen más de 10 000 años de historias que contar.

Aquí tenéis algunas de ellas.

LEANDRO FERNÁNDEZ

La Vieja Guardia™

A través del tiempo

Libro uno: Índice

Cubierta
LEANDRO FERNÁNDEZ y DANIELA MIWA

Portadas de los capítulos de LEANDRO FERNÁNDEZ

Color de DANIELA MIWA
(Bonsái Shokunin, Cartas de amor) de REBECCA GOOD;
(Passchendaele) de TAKI SOMA; (Que cumplas muchos más) de ANNETTE KWOK

Rotulación original de JODI WYNNE

Edición original de ALEJANDRO ARBONA

Diseño original de ERIC TRAUTMANN

LA VIEJA GUARDIA creada por
GREG RUCKA y LEANDRO FERNÁNDEZ

NORMA Editorial

Este volumen recopila THE OLD GUARD: TALES THROUGH TIME n.º 1-6. LA VIEJA GUARDIA: A TRAVÉS DEL TIEMPO. Primera edición: agosto de 2023.

Passeig St. Joan 7, Pral. 08010 Barcelona. Tel.: 93 303 68 20. E-mail: norma@normaeditorial.com. Traducción: David Domínguez. Realización técnica: Joan Moreno. ISBN: 978-84-679-6341-0. Depósito legal: B-11135-2023. Printed in the EU. www.NormaEditorial.com www.NormaEditorial.com/Noticias • www.imagecomics.com. Consulta los puntos de venta de nuestras publicaciones en www.normaeditorial.com/librerias. Servicio de venta por correo: Tel. 932 448 125, correo@normaeditorial.com, www.normaeditorial.com/correo. Facebook: NormaEditorial • Twitter: @NormaEditorial • Instagram: norma_editorial

I

El hacha de mi madre

ESTO SUCEDE ENTRE *ABRIENDO FUEGO* Y *FUERZA MULTIPLICADA*, SI ES QUE ERES EL TIPO DE PERSONA A LA QUE LE PREOCUPA LA CRONOLOGÍA.
ISLAS CANARIAS.
¿Pero cómo puedes siquiera...?
...las **muñecas,** Nile...
...y los **pies...**
...pero, **pesa...**
HFFF
...las caderas, usa el **peso...**
...acaba lo que empiezas, **bien...**
...pero vigila no te...
...desequilibres...

Ugh.
Dios santo, mis hombros me están matando.
Hhm.
Y mis abdominales.
Esa cosa pesa, Andy.
Sí.
Pero tal como la mueves, no parece que pese.
Estaba pensada para usarla a caballo.
Golpea a alguien a pleno galope...
...y ese alguien deja de existir.
Exacto.

Y, ¿cuántas como esta has tenido a lo largo de los años?
Solo una.
¡Anda ya!
¡Eso es acero templado, soldado y todo eso, Andy!
¿Me estás diciendo que existía la metalurgia en la Edad de Piedra?
Edad del Bronce, gracias.
A ver, soy vieja, pero no tanto.
Esa no es tu primera hacha.
Nile, solo he tenido un hacha...

"...esta..."
"...forjada para la mujer que lideraba nuestra tribu..."
"...presencié cómo se *forjaba.*"

"Deberías haberla visto, Nile..."
"...cómo brillaba..."
"...como si pudiera hacer arder el aire que la rodeaba."

"Tienes que entender que ya *no* recuerdo *mucho*..."
"...y que muchas cosas se *confunden*..."
"...la mitad del tiempo, no sé si estoy *recordando*..."
"...o si me estoy *inventando* todo este rollo."

Le salvaste la vida.
Más de una vez.
¿Era tu madre?
No lo sé. ¿Quizá?
Cuando ***consigo*** recordar... Hay muchas emociones ***contradictorias***.
La quería como si lo fuera, así que no creo que ***importe.***
Y te acabó dando el arma, ya lo pillo.
Pero ***eso*** no hace que sea la ***misma*** hacha, Andy.
Pero lo ***es...***
...***este*** es el labrys que ella tuvo entre sus ***manos...***

"...el mismo que me *ofreció* al nombrarme su *heredera.*"
"el que usé para *vengarla* el día que murió."
"El que usé para *proteger* a mi *pueblo.*"
"El que usé para convertirme en una *diosa* para ellos."
"Fue el símbolo de mi reinado, tanto como yo misma."

Por supuesto, la cabeza quedó mellada en aquel infierno...
"...Tuve que forjar una nueva, era de bronce..."
...nunca hubiera pensado que algo pudiera ser tan afilado, pero no podía mantener un filo que valiera una mierda...
"...tuve que reemplazar el mango más veces de las que puedo contar, los primeros dos mil años..."
...probé diferentes tipos de madera, pero todas acababan rompiéndose en algún momento, aunque el peral africano funcionó muy bien durante algún tiempo...
"...combinaba a la perfección con el hierro, cuando este llegó..."
"...y por supuesto la piel se pudre después de algún tiempo, pero..."
"...una mujer que conocí... me enseñó una forma mejor de cubrirla..."

"...a veces había **problemas** cuando reemplazaba la **cabeza, impurezas** y cosas así..."
"...estaba en medio de un **combate** y la mierda aquella se rompía en **pedazos...**"
"...el mayor problema era hacer entender a los putos **herreros** lo que quería..."
"...muchos de ellos sencillamente no sabían bastante, el conocimiento se había perdido..."
SHOERS
WHEEL

"...y acababa teniendo que *improvisar...*"
CRACK!
THUD!
"...en especial cuando las *armas de fuego* se hicieron cada vez más *comunes...*"
"...y los *herreros* cada vez menos."
"Aun así, *buscando* a fondo, siempre encuentras lo que *necesitas."*

Creo que la última vez que tuve que repararla fue hace una docena de años.
Andy, pero si *cada* pieza del labrys ha sido *sustituida.*
Y no una, *muchas* veces. No hay ninguna *pieza* que sea *original.*
No, tienes *razón...*
...y pese a *ello*, sigue siendo el hacha de mi madre...
LEANDRO FERNÁNDEZ

"...hay muchas emociones *contradictorias*."

II

ZANZÍBAR Y OTROS PUERTO

GUION DE ANDREW WHEELER
DIBUJO DE JACOPO CAMAGNI
COLOR DE DANIELA MIWA
ROTULACIÓN ORIGINAL DE JODI WYNNE

¡Depravados, criminales, invertidos, uranistas y bichos raros!
¡Bienvenidos esta noche!
ELDORADO
HIER IST'S RICHTIG!
ELDORADO
HIER IST'S RICHTIG
BERLÍN, NOVIEMBRE DE 1932.
Me llamo Lulú, y seré vuestra anfitriona durante esta noche de canciones, baile y escándalo.
Vivimos en el Infierno, queridos, y las llamas de la condena lamen nuestra piel, ¡pero no desesperéis! ¡Si nos mantenemos húmedos los unos a los otros, estaremos a salvo una noche más!
Llenen sus vasos, por favor...
¡...y disfruten del espectáculo!

¡Joe, este sitio es fabuloso!
Te vas a perder el espectáculo si sigues intentando quemar vivo a ese tipo con tu mirada.
Sabes qué es, Nicky...
...lo hemos visto antes.
Y lo volveremos a ver.
¿Podemos pasar ***una*** noche romántica sin comenzar un incidente?
No sé a ***qué*** te refieres.

¿Oh, de verdad? ¿No te acuerdas de aquel taller, en Génova?
¡Caminaste a través del fuego para rescatar a un joven de la hoguera! ¡Pensaron que eras el diablo!
No pude volver a casa durante cientos de años.
¿O aquella partida de cartas con su señoría en Montreal?
No fue en Montreal...
Qué más da. Salvamos a aquel soldado del pelotón de fusilamiento y nos largamos de allí.
¿Y Londres? Aquella cafetería encantadora...
¡Metieron a la propietaria en un cepo! ¡Tú *tampoco* hubieras permitido que se pudriera allí!
Aun así, también tuvimos que salir corriendo.
Y también lo de Zanzíbar.
¿El sultanato o el club nocturno?

"El club de Cannes. Era... ¿1887? ¿El joven buscavidas y el marinero borracho?"
"¿Y qué *hicimos* con ese marinero borracho?"
"*Creo* que le abriste la garganta."
ZANZIBAR BAR MUSICAL
ZANZI-BAR
En todos los puertos, siempre los mismos cabrones...
Dios santo. ¿Qué es esto?
Ya es bastante malo degradarse a estar con un hombre, pero ¿acostarse con un *perro?* ¿No tienes dignidad?

¡¿Cómo te atreves...?!
Nicky.
¡Caballeros, su *champagne!*
¡Y buenas noches, Roland! Trata bien a mi chica, ¿vale?
Señora, no hemos pedido...
Invita la casa. Siempre es un placer recibir a nuevos visitantes.
¿Porque es la primera vez, verdad? No os había visto antes.
Llegáis tarde, me temo. El lugar está infestado de fascistas y diletantes.
¡Ya ni siquiera es legal que los hombres bailen juntos! ¡Alemania se ha vuelto en nuestra contra!
Pero ya sabéis, mala hierba nunca muere. Lo entendéis, ¿verdad?

Mucho más de lo que imaginas.
Oh, cariño, puedo imaginar muchas cosas. He visto incluso a **ángeles.**
¿De dónde sois? No sois de aquí. ¿Dónde está vuestro **hogar?**
No hemos llamado a ningún sitio hogar durante mucho tiempo.
¡Oh, qué misterioso y agotador! Ya tenéis un hogar aquí, queridos... ¡Siempre que nuestras puertas sigan abiertas!
Disfrutad de la velada. Quizás os vuelva a ver.
Me gusta.
Deberíamos irnos. Quiero cometer crímenes contigo.

Este *no* es el crimen que pensé que tenías en mente.
Estamos bajo los ojos de Dios, amor mío. *Cualquiera* podría vernos. Me atrevo a decir que este es el crimen más agradable que hemos cometido nunca.
¿Por qué es tan difícil, Joe? Se nos ha concedido más tiempo que a cualquier pareja de amantes.
Y aun así, cada momento que arañamos es precioso. Siempre sucede algo...
¡AAAAAAAAAAAAAAHHHH!
Como esto. *Exactamente* como esto.

¡APARTA! ¡ALÉJATE DE MÍ!
¡Tú, miserable! Suéltala.
¿O qué, perro? ¿Me vas a abofetear? ¿Me vas a lanzar *champagne* a la cara? No veo que lleves ningún arma.

¡¡GRAAAAARRRR!!
¡Puto *maníaco!*
Te tengo.
¡Una noche tranquila!
¡HNNGGG!
¡HSSSSSS!
BLAM BLAM
¡Maldita sea!

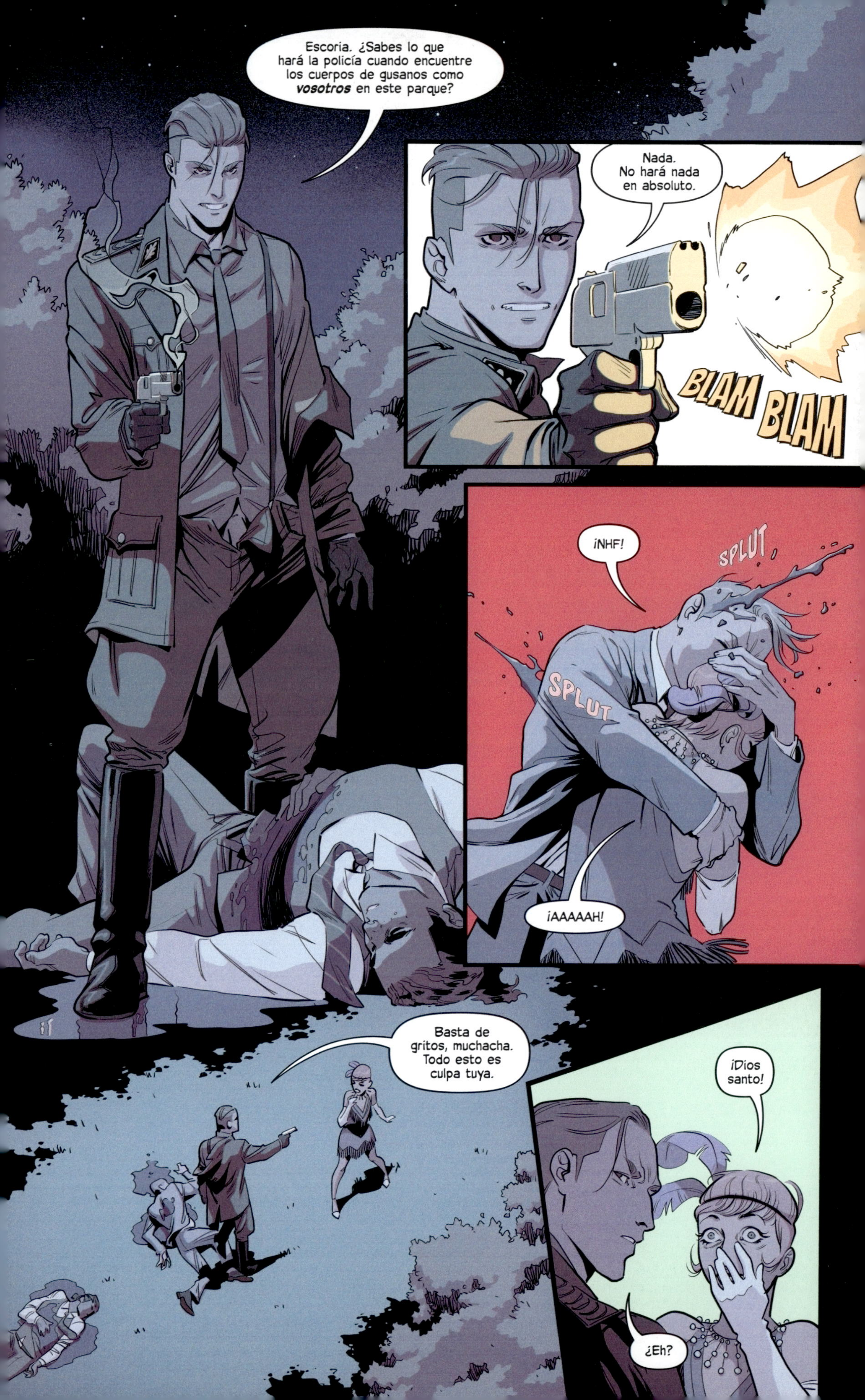
Escoria. ¿Sabes lo que hará la policía cuando encuentre los cuerpos de gusanos como *vosotros* en este parque?
Nada. No hará nada en absoluto.
BLAM BLAM
¡NHF!
SPLUT
SPLUT
¡AAAAAH!
Basta de gritos, muchacha. Todo esto es culpa tuya.
¡Dios santo!
¿Eh?

Vayamos adonde vayamos, allí estás.
La misma violencia. La misma crueldad.
Siempre el *odio*, oculto junto a la belleza.
Seáis lo que seáis... sea cual sea la ***maldición*** que os protege... ¿La protegerá a ***ella*** también? Alejaos, o pongo a Dios por testigo...
BLAM

Hola otra vez, chicos.
No habéis cambiado en medio siglo. ¿En qué os convierte eso? ¿Hay algún retrato espantoso oculto en un ático?
¿Nos conoces? ¿Nos hemos visto antes?
Me salvasteis la vida en Zanzíbar, hace mucho tiempo.
Viajad plácidamente, mis ángeles. No estáis solos ahí fuera.
Vayáis donde vayáis, siempre tendréis un hogar.
Y una familia.

“Y también lo de Zanzíbar...”

III

Bonsái Shokunin

¿Quién soy yo para tomar esta decisión?
Para decir: "esta rama debe quedarse, esta no".
Una maravillosa flor podría surgir de esta fea ramita.
Ya no lo sabremos nunca.

Yo era un hombre joven cuando me convertí en un arma al servicio de mi primer señor.
"No pregunté entonces, ¿quién soy yo para tomar esta decisión?"
"Maté por el sogún. Por su honor y por el mío propio."
"Y por la tierra que me daría como recompensa."

No era un joven amable.
Tampoco era valiente.
"Pero la piedad no está reservada tan solo para quienes la merecen."

"Y así yo viví..."
Y ella no.

Tuve suerte durante el tiempo suficiente para convertirme en un gran guerrero.

Mi nuevo sogún me dio más tierras. Regué la tierra con sangre.

Le pregunté a mi señor si estaba bien lo que había hecho.
Y él me dijo, "si no lo está, que los dioses acaben con nosotros".
Él vivió una larga vida. Los dioses se mantuvieron en silencio.

No necesitas esconder-te.
Ya no estoy destinado a seguir cuidando de este árbol. Si es que alguna vez lo estuve.
Pero me pregunto...
¿Quién eres tú para tomar esta decisión?

"Me llaman Noriko."

"...pero la piedad no está reservada tan solo para quienes la merecen."

GUION DE ERIC TRAUTMANN
DIBUJO DE MIKE HENDERSON
COLOR DE DANIELA MIWA
ROTULACIÓN ORIGINAL DE JODI WYNNE

ESTIMADA ANDRÓMACA STOP ME HE DESVIADO POR EL MAL TIEMPO Y OTROS ASUNTOS STOP ME REUNIRÉ CONTIGO EN SAN FRANCISCO TAN PRONTO COMO SEA SENSATO STOP
ALGO ME ESTÁ CARCOMIENDO STOP
COMO SI YO FUERA LA CUERDA RECIÉN TAÑIDA DE UNA GUITARRA STOP
...llevamos cabalgando dos días.
Dos días enteros y no has dicho más de cinco palabras.
Sí, señor, agradezco el dinero que me paga, pero considerándolo todo...
TENGO QUE ESCUCHAR QUÉ NOTA SUENA STOP
...es usted una *pésima* compañía.

EN CUALQUIER CASO ME SIENTO OBLIGADO A QUEDARME POR AQUÍ, AÚN NO SÉ POR QUÉ STOP
SEPTIEMBRE DE 1870.
Bueno, aquí estamos, mi silencioso amigo.
Gothic, Colorado. Un pueblo en *expansión.*
Hay *plata* en las montañas, y eso atrae a la gente.
En pocos años, será la "San Francisco de las Montañas", o eso dicen.
CLIVE G.BANNING
DOCTOR Y CI UJANO
En expansión y en proceso de *civilización.*
NO CURÓ UNA MIERDA
Eso parece.
Pero sí *habla.*
Lo hace. Pero prefiere beber.
La taberna está allí.
Amigo, no parece ser el tipo de persona que los acepta, pero aquí va un consejo...

ESPERO PODER DESCUBRIR EL PORQUÉ PRONTO STOP
...no se quede aquí mucho tiempo.
El sitio aún no está del todo *civilizado.*
Supongo que no.
NO CURÓ UN
Pocos sitios lo están.

Ese cabrón ya debería estar aquí.
Solo han pasado *cuatro días,* Eamon. Estará al caer.
No es como si Keenan se fuera a levantar y largarse antes de que aparezca, ¿no?
Controla lo que dices, hermano. Ya sabes cómo se *pone* Eamon.
¿Qué querrá el señor?
Vino tinto, si tiene. Y si puede ser, que no sepa a rayos.
Qué sofisticado.
Tuvimos vino de bayas hace más o menos un año. Quizá sabía un poco a rayos.
La cerveza es buena, el whisky de Tennessee y el whisky de centeno son mejores.
ESTA EXTRAÑA VIDA QUE LLEVAMOS DEBE TENER UN PROPÓSITO STOP
Quand on est à Rome...
¿Perdón?
He dicho que whisky de centeno.

¿Qué le pasa a esa pandilla?
Son los *hermanos Coyle*. El hermano más joven, *Keenan*, sufrió un accidente en la mina hace una semana.
Lo trajeron en carretilla aquí, inconsciente y sangrando, y llevan sentados con él desde entonces. Intentaron que el Doctor Banning le hiciera un apaño, pero... bueno.
Solo tiene que mirar al pobre chico y sabrá cómo va a acabar esta historia.
¿Y cuándo ese doctor se lo explicó...?
Eamon tuvo una... *vigorosa* discusión con el doctor. Quizás haya visto el resultado de la misma colgando allá fuera.
Eh. *Tú*.
No me gusta que la gente *hable* de mí.
Y con ese puto *acento*. ¿Qué eres, la puta reina de Inglaterra?
TE ESTOY HABLANDO A TI, CABRÓN...
No. Estás gritando.
A la persona equivocada.
Le ofrezco mis condolencias por sus problemas recientes, Sr. Coyle, pero mi compasión tiene sus límites.
Y también mi *paciencia*.
Puto inglés.
Ya verás. Ya *verás*.
Mi primo Ellis lo trae de camino. Al *hombre milagro*.
Dicen que puede curar *cualquier cosa*.
Cuando acabe de arreglar a Keenan, quizá tenga que verte a *ti* también.
Tengo el presentimiento de que vas a necesitar un doctor si sigues moviendo esa *boca*, inglesito.

ESTAS CUERDAS SIEMPRE NOS CONDUCEN ADONDE DEBEMOS ESTAR STOP
Primero, soy *francés*, no inglés.
Segundo, estás demasiado borracho para darte cuenta, lo sé, pero déjame asegurarte...
...que como ya tienes bastantes problemas, estoy haciendo el *mayor* de los esfuerzos por no matarte.
¡EAMON! ¡AQUÍ! ¡VIENE CONMIGO!
Ya seguiré contigo *luego,* caballerete inglés.

He encontrado a tu hombre, Eamon. Lo he traído con todas sus cosas, tal como lo querías.
Por poco nos pilla la nevada.
...por favor, no sé qué queréis...
Queremos que hagas de *médico*.
Y que lo hagas mejor que el último, *joder*.
Eamon, *por favor*, ¡haría falta que fuera *el mismísimo Dios* para poder ayudar a Keenan!
Tómate algo... invita la casa... y deja que el pobre hombre *se largue*.
Y una mierda, joder. Este tipo va a *curar* a mi hermanito. No tiene ninguna otra opción si quiere quedarse a este lado del cementerio.
Póngase a ello, profesor.
Dicen que tus *elíxires* y *pociones* pueden hacer milagros. Úsalos.
¡Este pobre hombre ya no está con *nosotros*, señor! ¡Está frío!
Una pérdida terrible, ya lo creo, pero...
¿Muerto?
¿Estás seguro?
Señor, se lo *ruego*, sea *razonable*...
CADA PUNTEO EN LA CUERDA ES SOLO OTRA NOTA EN LA SINFONÍA STOP
¿Me lo *rue-gas?*
Sí, señor "profesor", sospecho que el *rogar* va a llegar muy pronto.

Llevaos a este gilipollas inútil fuera. Mi hermano no será el *único* en morir *hoy*.
¡NO! ¡POR FAVOR!
¡Ya basta! No tenéis que...
BAM
¡POR FAVOR! POR FAVOR...
Calla la puta boca.
Oh no. Oh no no no. Santo Dios.
Pobre hombre.
PERO DEBO CONFESAR AMIGA MÍA
POK
nnng
¡POR EL PUTO INFIERNO!

QUE EL DIRECTOR DE ESTA SINFONÍA QUIZÁ NO SEA MUY BUENO EN SU OFICIO STOP
CLIVE G. BANNING DOCTOR Y CIRUJANO
Atadle las manos, chicos. Y alcanzadme esa soga.
Dios santo ayúdame todopoderoso por favor
No me puedo creer que me esté pasando esto. No quiero morir...
Cállate.
¿No *quieres* morir? Mi hermano tampoco quería. Sería gilipollas, sí, pero *era un buen chico.* No se lo merecía...
...hostia puta, *Eamon*...
¿...esto es el Infierno, verdad? ¡Ya estoy muerto!
?
EAMON COYLE.

ESA IDEA ME OFRECE ALGO DE ALIVIO STOP NO ESTAMOS SIENDO DIRIGIDOS POR UN GRAN PLAN STOP
Última oportunidad, Eamon.
Déjale en paz y lárgate.
O si no, voy a tener que ***acabar*** contigo.
Enviad a ese hijo de puta de vuelta al infierno...

NUESTRO DESTINO ES TAN SOLO UN CAOS QUE EN DEFINITIVA NO TIENE SENTIDO STOP
BAM BAM BAM
Padre nuestro, que estás en los Cielos, santificado sea tu nombre.
nnngh
BAM BAM
BAM BAM
Te mataré, joder.
BAM BAM BAM BAM
Venga a nosotros tu reino...
gggk
joder.
BAM BAM
Hágase...
...tu voluntad.

LO QUE DEBO HACER AQUÍ PARECE NECESARIO STOP
¿...cómo? ¿Cómo es posible? Estabas muerto...
Y *usted* está vivo, señor. Es mejor no preguntar cómo.
Hemos... curado una enfermedad hoy, profesor. Que eso nos baste.
Mi... mi agradecimiento no es suficiente, señor. Siempre estaré en deuda.
Siempre es mucho tiempo. No voy a exigirte tanto.
PERO ME SIENTO INCAPAZ DE VER QUÉ PUEDE SALIR DE ESTE ASUNTO STOP
Si tiene cuidado, podrá llegar hasta Crested Butte.
Le agradecería que no me mencionara a ningún *agente de la ley curioso*, o a *ninguna otra* persona.
Es lo *mínimo* que puedo hacer, señor, le ofrezco mi *discreción.*
Es una lástima que, de todas formas, nadie me creería si *decidiera* contarlo...
PROFESOR MILFORD MERRICK
HEALER · SCHOLAR SCIENTIST
PURVEYOR OF TINCTURES AND TONICS, POULTICES AND POTIONS, CURATIVES AND ELIXIRS THAT RID YOU OF AGUES, CROUPS, COUGHS, ACHES, PAINS, MALAISE, AND MALADY!
"...sería una historia de mil demonios para explicarles a mis nietos."

"...estoy haciendo el *mayor* de los esfuerzos
por no matarte."

V

PASSCHENDAELE

GUION DE BRIAN MICHAEL BENDIS
DIBUJO DE MICHAEL AVON OEMING
COLOR DE TAKI SOMA
ROTULACIÓN ORIGINAL DE JODI WYNNE

¡Zeus!

¿Tienes la llave del lavabo de señoras?
¿Por qué debería tener la llave del lavabo de señoras...?
Porque son tus lavabos.
Una mujer se ha encerrado dentro.
Estamos cerrados.
Se ha colado.
Lucy dice que cree haber visto sangre.
¿Sangre?
Señora, *¡voy a llamar a la policía!*
¡Mi hermano es bombero!
(Creo que la han visto cubierta de sangre.)
¿En la ropa?
¿Sobre ella? ¿Bajo el abrigo?
Como si no tuviera nada mejor que hacer...
Ah, allá vamos.
jingle jangle
rattle rattle

¡Vale! *¡¡Vale!!*
¡¡Es solo para *clientes!!*
¡¿Dios mío?!
¿Zeus?
¿Zeus?
¿Qué estás haciendo aquí?
¿Cómo que estás en Estados Unidos?
¿Qué estás haciendo en Cleveland?
Y este es mi restaurante.
Estás en mi restaurante.
Esto... ¿Esto es Cleveland?
¡¿Qué?!

Oh, guau.
¿Estás sola? ¿Te están persi-guiendo?
Oh, uh, estoy bien.
He **acabado.**
Trabajo acabado. Ya solo me queda-ba limpiar.
Nadie te está persiguiendo, ¿o...?
No... nadie sabe que estoy aquí.
Ni siquiera yo sabía que estaba aquí. Estaba en un avión de carga y... bueno.
¿Quién **es** esta?
¡Sshhh!
Oh, Zeus...
¡Mírate! ¡Guau!
¿Has comido?
Nada bueno.
Bueno...

¡HOSTIA PUTA!
¡JOOOOODER!
¿Está bueno?
¡¡¡Buenísimo!!!
Come.
POUND POUND POUND
¿CÓMO?
¡¿Cómo haces que esté tan rico?!
En realidad no había hecho este plato desde... pufff... 1950.
¿Qué?
Solo hago este plato para ti y Yitzhak.
¡Oh!
¿Eso me lo habías dicho?
Porque para tus gustos de tía "más vieja que Matusalén", uno necesita recetas especiales.
Sabores más potentes.
¡Créeme! La gente normal no pagaría por comérselo.
¿Inventaste este plato para mí?
¿Y todo este sitio tan precioso es tuyo?
Una referencia en comida cosmopolita aquí, en Cleveland, Ohio.
Cocina cosmopolita.
Passchendaele.

Niño.
¿Dónde está tu padre?

Y me dices que *hoy... entraste* aquí por casualidad.
Parece que te sigo haciendo lo mismo.
Bueno, solo cada unos sesenta años.
Zeus...
¡No estoy enfadado!

Estoy agradecido por ti y por tu... por tu propósito en la vida.
Miro los periódicos y me pregunto si sois tú y tus chicos...
(Lo de Vietnam acabó un poco raro.)
Pero...
...Te echo tanto de menos.
Oh, Zeus.
¿Estás casado? Tienes... ¿Tienes críos?
¿Sabes qué? La verdad, retiro lo dicho.
Esto *duele.*
Verte así.
Porque... no viniste a verme.
Te tropezaste conmigo.
¿Qué hice cuando te vi?
Y *todas* las cosas que he hecho.
Todas las historias que te conté.
Bueno...
Recogerte de pequeño *sigue siendo* la mejor.
Y eso fue *antes* de que tuvieras este sitio.
Y esta comida de la hostia...

Siento no ser como el resto de madres.
Me acabaré acostumbrando.
Quizá cuando tenga ochenta.
¿Zeus?
¿Sí, mamá?
Más comida, por favor.
CERRADO.
QUE TENGA
UN BUEN DÍA

"Y me dices que *hoy*... *entraste* aquí por casualidad."

VI

Lacus Solitudinis

guion de Robert Mackenzie y Dave Walker
dibujo de Justin Greenwood
color de Daniela Miwa
rotulación original de Jodi Wynne

No voy a llamarle.
¿No dijimos que no íbamos a hablar de eso?
No lo estamos haciendo.
Porque si lo estuviéramos haciendo...
Cosa que no hacemos...
...te diría llámale, Nicky. Eso de que no os habléis, me da yuyu.
"Me da yuyu". Hablas como un hipster.
Hippie. Los hipsters fueron en los años 40.
PARSONS
NELSON
BROADMOOR
EMERY
VAN HOYT
DARIAN
CHANCELLOR

Yo solo digo que si te acercas a un teléfono, te da tiempo.
Le llamas, le dices que lo hemos dejado, volvemos por la noche y nos encargamos de esto.
Nunca le mentiría, Booker.
Cuanto más lo retrases, peor será.
Pero eh, si quieres cavar tu tumba...
...es tu funeral.
Nuestro hombre estará de *servicio* esta noche.
Ahora está en casa. Como todo el mundo.
Nadie estará mirando.
¡EAGAN ESTÁ CONTIGO, APOLO!
20 DE JULIO DE 1969.
EAGAN, MINNESOTA.

SAN FRANCISCO.
THE HAG
Eh, señora...
No te preocupes, viene conmigo.
Es mi mujer.
Qué gracioso. ¿Qué tomará, señorita?
Macallan, solo.
¿Solo tú? ¿Y el resto?
Minnesota.
¿Aún?
Será mejor que dejes la botella.

Si no me equivoco, ***encontrasteis*** al tipo, ¿no?
Oh, sí, ***encontramos*** al ***tipo...***
...y nos aseguramos de que la gente ***supiera*** que ***él*** era el tipo.
ASESINO SE SUICID
LA MACABRA CONFESIÓN EN UN
NOTA REVELA SU IDENTIDA
¿Eran veintidós?
Veinti***cuatro***. La mayoría de ellos, ***menores.***
Pero ya no habrá ***más***.
Y, ¿qué está haciendo él ***aún*** allí?
Sin ***tí.***

Bravo 2. Bravo 2. Datos de radar correctos, altitud de 33,500 pies.
Hal no estaba demasiado equivocado.
Sospecho que Hal podría tener razón...
vssh
4
Detective Van Hoyt.
Por favor, *siéntese.*
14 OUNCES

¡Joder!
Pero ¿qué cojones...?
5 de julio, certificaste que "basándome en pruebas conocidas solamente por la policía..."
"...podemos confirmar que la confesión del difunto Carl Edwin Hach es genuina, y que su suicidio representa el final del caso del Destripador de los Grandes Lagos."
¿Hacía calor, no? En julio, quiero decir.
Mire, yo solo fui uno de los detectives...
Tanto calor como en el infierno.
Tsk tsk... yo no lo haría.
¿De qué va todo esto?

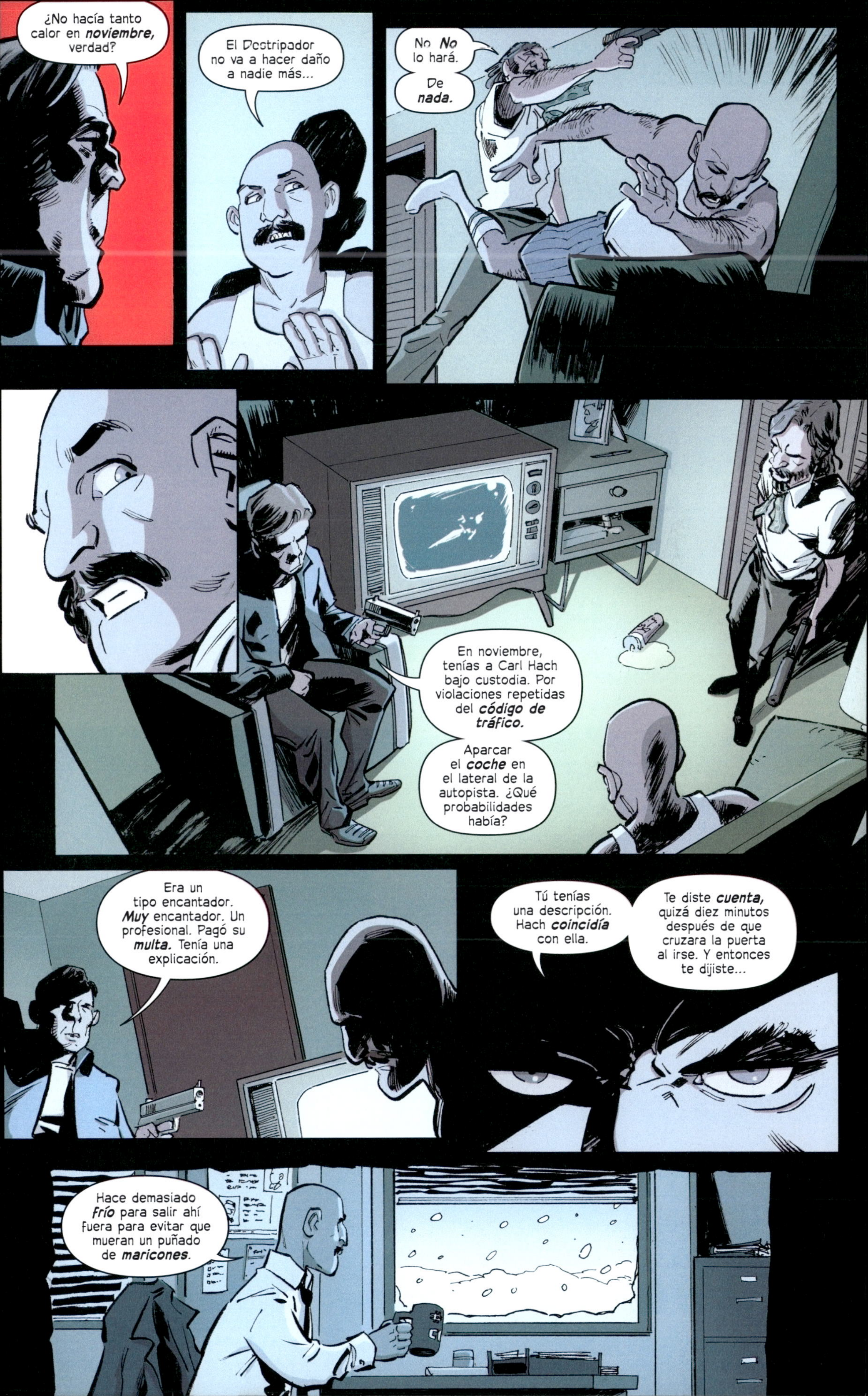
¿No hacía tanto calor en *noviembre,* verdad?
El Destripador no va a hacer daño a nadie más...
No. *No* lo hará.
De *nada.*
En noviembre, tenías a Carl Hach bajo custodia. Por violaciones repetidas del *código de tráfico.*
Aparcar el *coche* en el lateral de la autopista. ¿Qué probabilidades había?
Era un tipo encantador. *Muy* encantador. Un profesional. Pagó su *multa.* Tenía una explicación.
Tú tenías una descripción. Hach *coincidía* con ella.
Te diste *cuenta,* quizá diez minutos después de que cruzara la puerta al irse. Y entonces te dijiste...
Hace demasiado *frío* para salir ahí fuera para evitar que mueran un puñado de *maricones.*

Le pregunté a Nicky: si el poli merece morir, ¿por qué no la familia que le dio la espalda a Damian Nelson? ¿Por qué no el putero que dejó a Emery en la cuneta?
Y él contestó, "¿por qué *no* ellos?"
¿Y tú *dijiste?*
Yo no dije *nada.*
Oh. Ya no os *habláis.*
Joe, *no* voy a volver con las mierdas de la *Comuna de París.* No voy a pasarme otros seis años de "Dile al comunero que me pase las balas".
Os *ordenaré* que os dejéis de rollos los dos.
Yo soy el que no lo hará, Andy. No me importan sus *intenciones,* no me quedaré a presenciar cómo el mundo convierte su honor, su valentía y su *compasión* en algo *horrendo.*
Necesito ver *cosas preciosas* durante algún tiempo, Andy. Sentir la *magia.*
Si quiere venir a verlas conmigo, ya sabe dónde encon-trarme.
POWER DESCENT
LM ALTITUDE 3,000 FT

Cuando una persona hace un *juramento,* se *compromete* frente a *Dios* a unos *valores* más altos que sus insignificantes *preferencias.*
Un *error* podría perdonarse. El *rechazo* no.
Yo soy más flexible con lo de los juramentos. Mi amigo está chapado a la *antigua.*
Pero *miraste* hacia otro lado frente a un asesino de *chavales.*
FWEEEEEEEEEEEEEEEEEEEEEEEEEEE!
BANG
BANG

No veo que sea para tanto. No después de que los rusos subieran a *Gagarin* allá arriba. Incluso antes. Kitty Hawk. Es tan solo *perfeccionar* algo.
¡Oh, venga ya, Andy! Gan Gong, Al-Sufi, Galileo, Copérnico, académicos y poetas haciendo mapas de los cielos desde incluso antes de que nacieras, y ahora, la *culminación*.
¡Seis mil millones de personas mirando cómo la humanidad *toca* el cielo! ¡Es una proeza!
Cruzar el Atlántico fue una proeza. *Cincuenta* hombres sentados en un barco de *madera,* sin *saber* si se caerían por el *borde* del *mundo.*
¡Venga ya, *sabían* que la tierra era redonda cuando llegaron a América!
La *segunda* vez, quizá. Pero no los *vikingos.*
¿Y a qué *condujo* todo aquello? Saqueos. Matanzas. Esclavitud. Genocidios. La misma vieja canción vayas *adonde vayas.*
Por su propio bien, espero que la *luna* no tenga *nativos.*

Oh, Dios, lo siento... ah, joder... Lo siento, ¿vale? Dejadme que lo compense. No me matéis.
Abandonaré el cuerpo. Mañana. Me haré voluntario de esos programas comunitarios. Lo que queráis.
Luces de contacto. Paramos motores.
THUP
No.
No habrá un mañana para ti.
¡El hombre ha llegado a la luna!
¿Te sientes mejor?
No.
Pero me sentiría peor si él hubiera vuelto a trabajar esta noche.
¿Quieres sentirte mejor? Llámale. Dile a Joe que lo has visto y que vas hacia el oeste. Yo acabaré la lista.
Joe no se equivoca sobre la magia de las cosas preciosas, Nicky. Pero esa magia solo puede verse cuando tienes alguien con quien compartirla.

¡El hombre ha llegado a la luna!
Precioso.
Las cosas preciosas no siempre nos conducen a **buenos lugares.**
Pero no lo sabes hasta que llegas, ***¿no?***
No hubo nada ***así*** cuando cruzamos el Atlántico.
Te ***llamará,*** Joe.
Claro que me llamará.
Pero no quería verlo ***solo***.

"No habrá un *mañana* para *ti*."

guion de MATT FRACTION
dibujo de STEVE LIEBER
color de DANIELA MIWA
rotulación original de JODI WYNNE

Ella odia este lugar.
O lo que queda de él.
Cada vez que se encuentra cerca, no puede evitar escabullirse.
Para decir hola.
Para decir adiós.

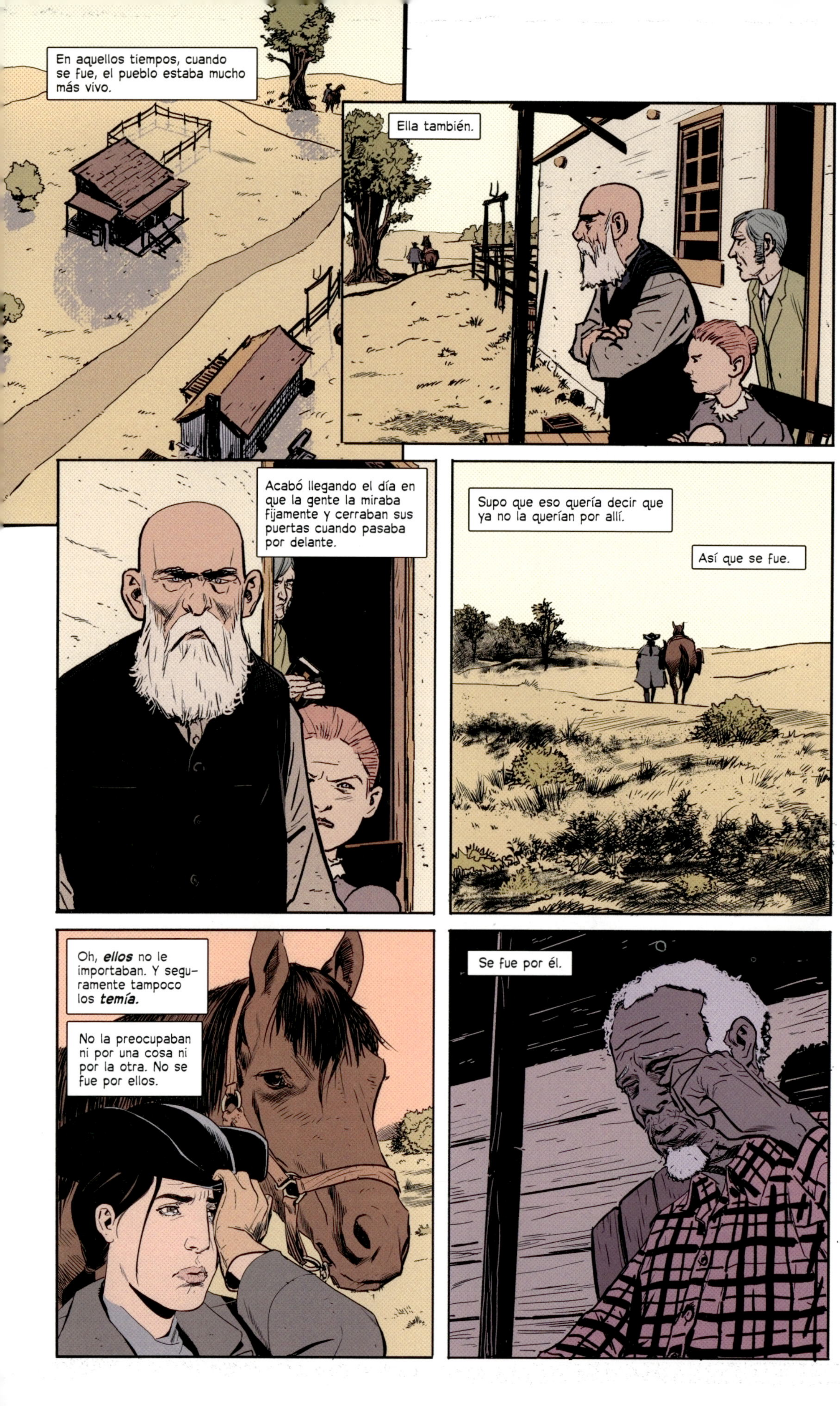
En aquellos tiempos, cuando se fue, el pueblo estaba mucho más vivo.
Ella también.
Acabó llegando el día en que la gente la miraba fijamente y cerraban sus puertas cuando pasaba por delante.
Supo que eso quería decir que ya no la querían por allí.
Así que se fue.
Oh, *ellos* no le importaban. Y seguramente tampoco los *temía.*
No la preocupaban ni por una cosa ni por la otra. No se fue por ellos.
Se fue por él.

Achilles.
Los susurros y las miradas solo le confirmaban que debía hacer lo que se sentía inclinada a hacer durante meses, ***marcharse.***
Él sabía que ella era más grande que las estrechas mentes de los hombres.
En un pueblucho como aquel, todo acabaría con horcas.
Y antorchas.
Para él, al menos.
Achilles nunca estuvo del todo seguro de que ***ella*** fuera a acabar jamás.
Así que mejor acabar sus días con amabilidad y silencio.
Y no como empezaron.
Con truenos y sangre...

...y el incesante tumulto que sus vidas fuera de la ley provocaban fueran adonde fueran.
Robaron y mataron hasta que ella insistió en que ya tenían bastante.
Ella siempre estaba pendiente de esas cosas.
Tener perspectiva. El largo plazo.
Después de un tiempo, la sangre solo exige más sangre, vaticinó ella.
Quería un hogar.
Y no quería usar su arma de guerra para construirlo.
Así que enterraron sus violentos pasados...
Y celebraron haber encontrado un futuro que labrar juntos, en silencio.
Y eso fue lo que hicieron.

Durante un tiempo, al menos.
Encontraron rostros amables en caminos similares a los suyos, gente que había encontrado buena suerte y fortuna como ellos.
Era un buen sitio para vivir.
Sería un buen lugar para morir.
Bueno.
Para todo el mundo, menos para ella.
"¿Qué pasó con tu esposa?"
"¿Qué pasó con tu hija?"
"¿Qué pasó con tu nieta?"
Solo era cuestión de tiempo.

Achilles ya había sentido tiempo atrás lo que era ser vigilado.
Lo que se sentía al ser cazado.
El restallido de un rayo frío sobre toda la extensión de sus hombros.
Estar atento a ese sentimiento lo había mantenido con vida.
En todos los sentidos.
Así que cuando aquel viejo y familiar sentimiento reptó sobre él...
...no lo ignoró.

Un pueblo pequeño.
Con mentes pequeñas.
Y hombres cobardes, pequeños e hipócritas.
Y mientras *ella* había enterrado su violento pasado muy lejos de allí...
Achilles lo había hecho bajo *su* cama.
Solo por si acaso.
En ocasiones no hay nada peor que tener razón.

Todo lo que le quedaba eran truenos...
...y sangre...
...y luego el gran silencio.

Había cosas por las que luchar en Jamaica. Ella sabía que pasaría algún tiempo antes de que pudiera volver.
Así que rompió la promesa que le había hecho.
No pudo evitarlo.
Quería verle por última vez.
Ni siquiera tuvieron la vergüenza de ocultar su fechoría.

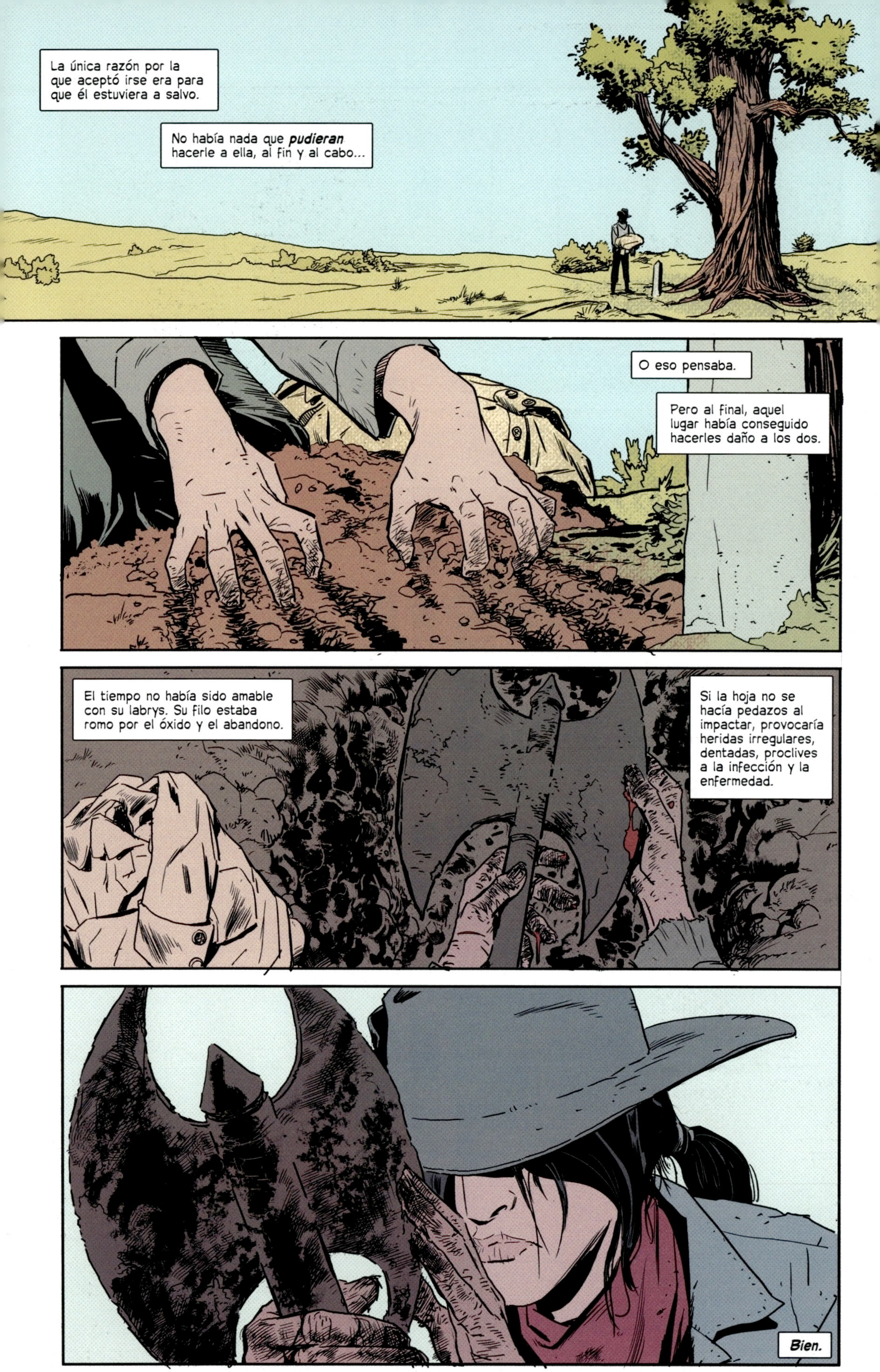
La única razón por la que aceptó irse era para que él estuviera a salvo.
No había nada que *pudieran* hacerle a ella, al fin y al cabo...
O eso pensaba.
Pero al final, aquel lugar había conseguido hacerles daño a los dos.
El tiempo no había sido amable con su labrys. Su filo estaba romo por el óxido y el abandono.
Si la hoja no se hacía pedazos al impactar, provocaría heridas irregulares, dentadas, proclives a la infección y la enfermedad.
Bien.

Y así, habiéndose despedido...
Andrómaca la Escita fue a trabajar.
La sangre solo exige más sangre.
Exactamente como vaticinó.

Pero no era aquello lo que *quería* recordar cada vez que se encontraba a la sombra de aquel árbol donde Achilles...
...y el tiempo que había pasado con él...
...descansaban.
Porque cuanto más vieja se hacía, más difícil le resultaba recordar su amor cuando lo visitaba.
Todo lo que le quedaba era el odio y la rabia que destruyeron aquel lugar.
Y *esos* durarían para siempre.
¿Cómo se hace un pueblo fantasma?
Primero, coges un pueblo...
Y luego lo llenas de fantasmas.

"Sería un buen lugar para morir."

VIII

Cartas de amor

SUR DE PENSILVANIA. 1863.
Según se van cerrando mejor aún ven mis ojos, pues todo el día observan las cosas más vulgares, mas en mis sueños ellos contemplantes absortos, y con su brillo oculto relucen singulares.
Pues tú, que con tu sombra las sombras iluminas, ¡la forma de tu sombra qué fiesta brindaría al día con tu brillo, que más que el día brilla, si en ojos ya cerrados tu sombra así lucía!
¡Cuánta ventura, digo, en mis ojos se viera si a ti te contemplasen en días relucientes, cuando en la noche oscura tu sombra imperfecta traspasa el hondo sueño de ojos invidentes!
El día entero es noche hasta que al fin te veo, las noches, días claros si en sueños verte creo.
—William Shakespeare

Amor mío, oh, qué cruel guerra esta que te arrebata de mis brazos.
Me siento perdido sin ti, incapaz de encontrar mi camino en un paisaje lleno de cadáveres y ríos de sangre.
El mundo no tiene sentido. Arriba es abajo. El día es la noche.
Confío en que estés a salvo de los demonios a los que combatimos.
Me gustaría recordarte que esos demonios buscan eliminar nuestras libertades, es por eso que me uní al conflicto.
Aun así me encuentro enredado en otro tipo de conflicto.
Es un conflicto de soledad donde mi corazón pregunta no sobre lo que he hecho, sino sobre qué he sacrificado para hacerlo.

He dado mi vida innumerables veces por una causa en la que creo.
He muerto a diario por ella, solo para renacer.
Y con cada renacimiento estoy más comprometido con el gran propósito al que sirvo.
Mirad a esta pobre alma perdida.
No creo que haya sitio peor para el descanso definitivo.
...que este que veo ahora mismo.
Señor, no está muerto.
Parece que ha combatido con la Parca, pero aún no ha llegado su hora.

Hoy he visto el sol alzarse por el oeste, riéndose de mí por haber errado mi camino entre tanta muerte y carnicería, porque sin tu amor como brújula...
...el camino es incierto.
¿Aún no has acabado de escribir a tu novia?
Casi.
Hace falta mucho esfuerzo para hacer llegar las cartas, tengo que asegurarme de que vale la pena.
Hay que decir que las ropas ensangrentadas que llevabas ayer te hacían parecer mucho peor de lo que estás. Parece que al final era tan solo un rasguño.
Debes de estar tocado por la mano de Dios.
Yo no diría tanto.
Bueno, me gusta pensar que Dios nos vigila... asegurándose de que hacemos lo correcto para Él y Sus planes.
Sus planes...

¿...te refieres a los planes de Dios?
Sí, señor. Sus planes.
Es decir... preservar nuestros derechos como personas blancas y honestas, temerosas de Dios.
"Esa es la razón por la que estamos aquí matando y muriendo..."
"...el Señor nos ha dado tanto que tenemos que proteger los dones que Él nos ha concedido."
"La bendición del SEÑOR es la que enriquece, y no añade tristeza con ella." Proverbios, diez, veintidós.
Sabía que lo entenderías...
"...el Señor nos ha dado el mundo para gobernarlo en Su honor. Y ese gobierno incluye todos los animales menores como perros, vacas, cerdos..."
"...y negros."
"Es decir, si me paro a pensarlo..."
...Dios no habría hecho al hombre blanco superior si no hubiera pretendido que gobernáramos el planeta para Él.

Dime, amor mío...
El cielo que tengo frente a mí, que una vez fue azul, está oscuro por ominosas nubes grises.
¿...cuando miras al cielo, qué ves?
Son grises nubes de guerra, amenazando con traer una tormenta de muerte y miseria.

Oh, si pudiera refugiarme de esta tormenta en tus brazos, donde el único trueno que escucho es el de tu corazón.
Sé que no encontraría refugio de esta terrible tormenta, porque yo soy tanto el refugio...
...como probablemente sea también la tormenta.

Quizá no te he oído bien, o quizá no sabes contar, porque hay más de los nuestros...
No...
...lo que has oído es lo que he dicho.
Y sé contar.
No me intimida el número.
Vuestros destinos están sentencia-dos...

...Dios os ha juzgado...
...y yo soy el instrumento de su condena.
Se os deniega la entrada al Cielo, pero seréis bienve-nidos a los abismos infernales...
...y Satán sabrá que soy yo quien os envió.

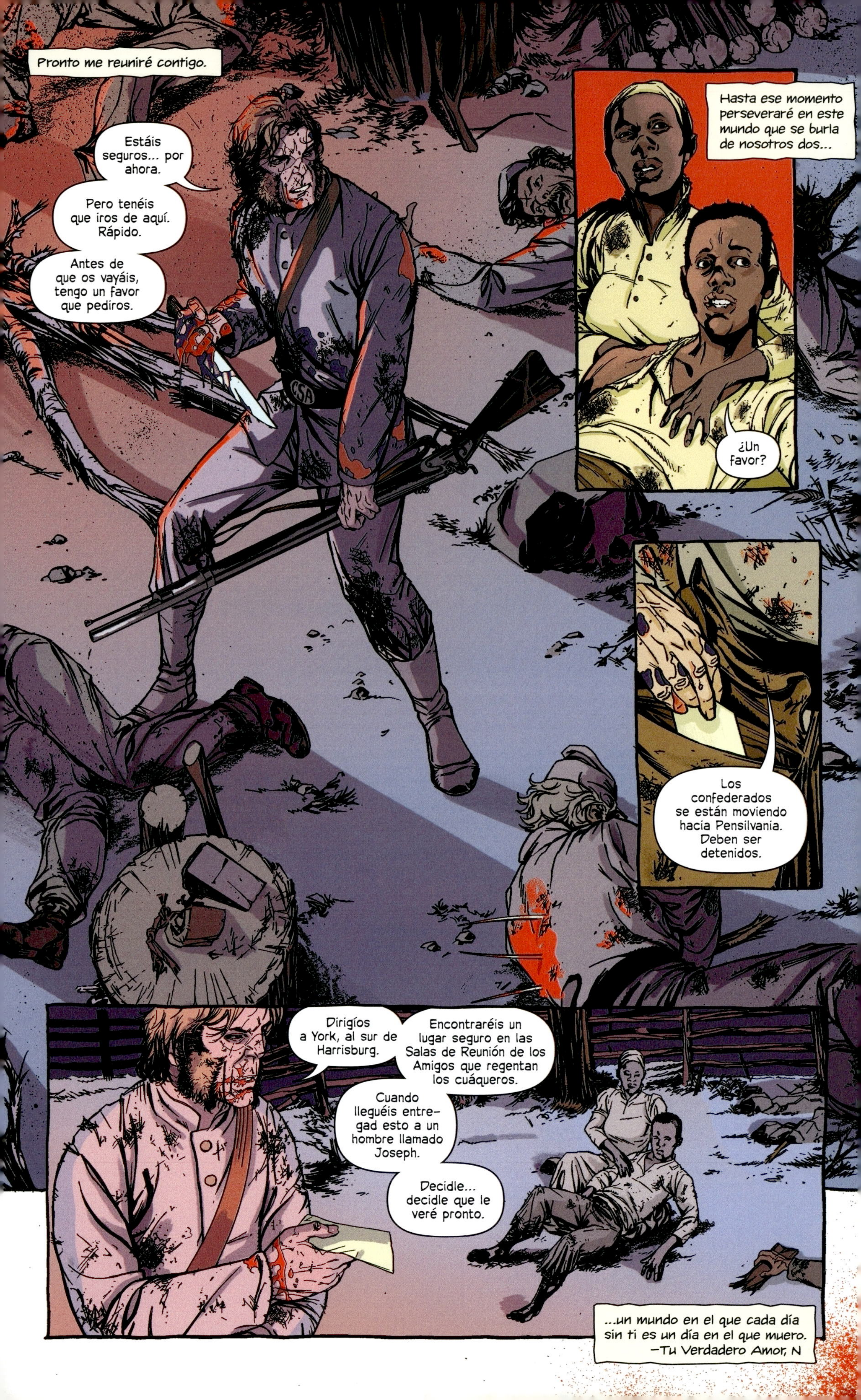

Pronto me reuniré contigo.
Estáis seguros... por ahora.
Pero tenéis que iros de aquí. Rápido.
Antes de que os vayáis, tengo un favor que pediros.
CSA
Hasta ese momento perseveraré en este mundo que se burla de nosotros dos...
¿Un favor?
Los confederados se están moviendo hacia Pensilvania. Deben ser detenidos.
Dirigíos a York, al sur de Harrisburg.
Encontraréis un lugar seguro en las Salas de Reunión de los Amigos que regentan los cuáqueros.
Cuando lleguéis entregad esto a un hombre llamado Joseph.
Decidle... decidle que le veré pronto.
...un mundo en el que cada día sin ti es un día en el que muero.
—Tu Verdadero Amor, N

Amor mío,
Estoy agotado y necesito dormir.
Las pesadillas que me acosan en sueños comienzan a bailar frente a mí, aun con los ojos abiertos.
El mundo sigue boca abajo, igual que el sol que, perdido y confundido, de nuevo se alza desde el oeste.

La luz del sol sigue oculta tras la más gris de las nubes.
Vaya, maldita sea.
Creo que está vivo.
Pero recuerdo tus sabias palabras diciéndome que a pesar de que el sol no se vea...
No te preocupes, compañero. Te vamos a dejar como nuevo.
No tienes que preocuparte, estás entre amigos
...siempre podemos consolarnos pensando que sigue ahí y que es solo cuestión de tiempo antes de que se revele y haga arder las nubes.

IX

Un alma vieja

guion de Jason Aaron
dibujo de Rafael Albuquerque
color de Daniela Miwa
rotulación original de Jodi Wynne

1978. NUEVA YORK. TIMES SQUARE.
PEEP
PUSSYCATS
SHOWTIME
ALL NITE
NUDE GO-GO GIRLS
LOW PRICE NEW YORK 24 HOURS
¡Él os observa, sucios paganos y rameras!
¡Él observa esta nueva *Sodoma* que habéis construido!
¡Y la encuentra *abominable!*
PRIVATE BOOTHS
LIVE ALL NUDE DANCERS
CHURCH OF THORNS THE REAL HO... OF PARADI...
¡Dios os observa yaciendo con carne extraña y pervirtiendo vuestros cuerpos como bestias del campo!
¡Observa cómo derramáis vuestra semilla en el altar de la *pornografía!*
¡Os observa *envenenándoos* con los frutos del infierno!
¡Pero incluso los peores pecadores pueden ser salvados! ¡Aparta de ti el vino del diablo, antes de que sea demasiado tarde, y ven a beber la sangre de Cristo!
Tú, pecador, ¡¿no sientes temor por *morir* sin haber recibido la redención?!
Nunca me había preocupado antes.
Pero qué diablos, le daré un trago a esa sangre.

No hay ninguna duda. Estas calles son la prueba viviente y fornicante de que **el final de los tiempos** ha llegado.
Y las fuerzas del Diablo están ganando la guerra.
En esta batalla, los himnos y los aleluyas no nos salvarán.
Somos las Hermanas de las Espinas y creemos en salir al mundo como **soldados** de Cristo, con el **Dios Padre** en nuestros corazones.
Y la **Madre Carabina** en nuestras manos.
¿Dónde está ese amén?

¡Ja!
La inquisición nunca cambia mucho, ¿verdad?
Hola, hermano pecador. ¿El Señor te ha traído para aligerar tu carga?
Un vodka de dos dólares es el que me ha traído.
Y *ya* he aligerado mi carga, no hace ni cinco minutos, con una puta encantadora de una sola pierna, en un callejón del otro lado de la calle.
Eres un desgraciado ***asqueroso,*** ¿no te parece?
Esa es la primera verdad que habéis dicho desde que he entrado tambaleándome aquí, hermana.
Oui, cariño, puedo ser bastante grosero de vez en cuando. Tengo ***años*** de práctica.
Pero prefiero ser un asqueroso antes que ***idiota.*** Que de esas ya hay muchas por aquí.
Después de vivir tanto tiempo como un ***animal,*** debe de ser muy duro quitarse la correa de Satán, lo sé. Pero la mano de Dios puede indicarte el camino.
¿Ves? Lo que había dicho. ***Idiotas.***
No hay Dios, señora. No hay Yahvé, no hay Buda, no hay nada de eso, joder.
¿No me crees? Mira...
Voy a mostrarte una puta ***prueba.***

Va a...
BANG
Otro pecador perdido con prisas por llegar al Infierno.
Sacadlo a los contenedores.
Ajá.
El infierno.
Debería acabar en él tarde o temprano.

Pero por ahora, está claro que aún no.
Y bien... ¿De qué estábamos hablando?
María, madre de Dios...
Oh, sí. *Dios.*
Así que decidme, hermanas... si ese hijo de puta existe de verdad...
¿...cómo cojones permite que cosas como *yo* existan, eh?
No hay prisa.
No me esperan en ningún sitio.

TRES MESES MÁS TARDE. GUYANA.
Demasiados disparos... nos están asediando.
Aguantamos aquí, hermana. Pase lo que pase.
Debemos proteger el tabernáculo a cualquier coste.
¡Retiraos!
¿Quién nos ataca? ¿Cuántos son?
¡Solo uno!
¿Uno? ¿Y ha matado a tantas hermanas? Ningún hombre puede hacer eso.
¡No es un hombre!

"¡Es un *demonio* salido del Infierno!"

Ah, joder.
Andy. Me temía que fueras tú.
Por favor, dime que no has matado a todas mis monjas.

A la mayoría. El resto se están reagrupando. Tenemos que salir de aquí.
¿Cómo cojones te has dejado capturar por esas chifladas, Book?
Sí... bueno, en realidad...
No es lo que piensas, Andy.
Joder, ¿te han estado *matando?*
A veces.
Hacían turnos...
...para matarme...
...Y...
¿Y *qué?*

Joder, ¿me estás tomando el pelo?
No saben si soy un demonio o un ángel, pero están convencidas de que soy la prueba de que el Armagedón ha llegado y que pueden usar mis... mis fluidos corporales para...
¡Cállate!
¡¿Tienes idea de lo que he pasado para rastrearte hasta aquí?!
¡¿Para *rescatarte?!*
Pero ¿y si no *necesito* que me...?
¡Que te calles!
¡Te voy a rescatar lo quieras o no!
Andy...
¿Tú crees en Dios?

¿Tienes idea de lo vieja que soy, Book?
Créeme, yo ya estaba por ahí cuando se inventaron la mayoría de esas historias...
"Y estoy bastante segura de no haber visto a ningún dios."

NUNCA PASARÁ DE MODA

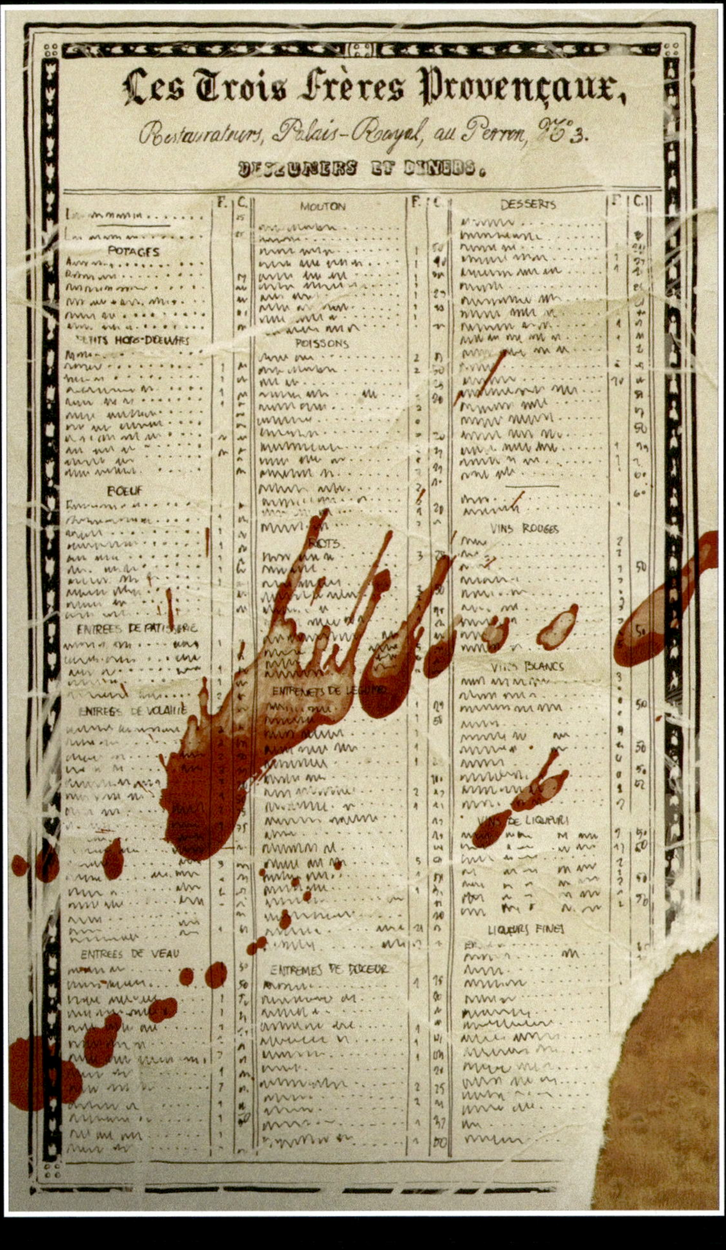

GUION DE ALEJANDRO ARBONA
DIBUJO DE KANO
COLOR DE DANIELA MIWA

Les Trois Freres Provençaux
¿Una limosna, señor?
¡No, este postre es para el cochero! *C'est la tradition.*
Rápido, sube.
¿Unos *centimes* para el pobre?
¡Uf, no tengo un penique, amigo!
Es aquí.
Voilà, monsieur. Coma algo.
Como ve, la cena la paga él, *non?*
COMMERCE

Ya hemos llegado... *je te présente le restaurant* ***Les Trois Frères Provençaux.***
Monsieur Le Livre, ¡qué placer volver a verle!
Salut, Jean-Michel.
¡Vengan! Tengo una mesa excelente para usted y su amigo.
Un lugar muy lujoso.
Qué lejos queda aquella mesa de madera tan tosca de nuestra juventud.
Muérdete la lengua, Philippe. ***Aún*** estamos en nuestra juventud.
Ya te gustaría, viejales.
Bueno, madurar tiene sus ventajas. Nunca nos podríamos haber permitido este lugar antes.
Messieurs, un apéritif?
Dos vermuts, gracias.

Mon Dieu... mira este sitio.
Tengo ojos.
¡Y orejas, y nariz! ¡Abruma los sentidos!
Yo soy el único de los dos que no ha estado aquí antes. ¿Por qué estás tan deslumbrado?
Tú no recuerdas cómo era antes. No era así cuando dejé la casa de mi padre.
Estabas en la carretera desde el alba... a pie, imagínate, entre el barro, con los dedos adormecidos, sin ver a un humano durante millas.
Finalmente, llegabas a un pueblo y te ibas directo a la posada, famélico.
Table d'hôte, oui? Pagabas tu moneda, te sentabas en la gran mesa con los demás, te tomabas tu sopa de cebolla o el pedazo de carne y patata que te ponían por delante.
No probé una béchamel o una lyonnaise o cualquier tipo de salsa hasta tener veinte años.
Recuerdo un día que llegué unos pocos minutos tarde. La mesa estaba llena, el almuerzo ya se había servido.
Tenía que volver a la carretera.
¡Pero esto!
Esto nunca pasará de moda. Una maravilla más allá de mi imaginación.
¡Una carta! Cualquier cosa que desees comer. Solo hay que pedirla, y solo entonces ellos te la preparan. ¡Al encargo!
Los hombres con el suficiente oficio para hacer estos platos solían trabajar para los gremios... charcutiers, sauciers, pâtissiers...

Les Trois Freres Provençaux
"...no para gente como **nosotros.** Esta solía ser la manera en la que los **ricos** cenaban, en sus fincas, con su personal de cocina y su legión de sirvientes."
No **nosotros.**
Hasta que atacamos sus fincas y pusimos sus cabezas en la picota.
Bueno... no **"nosotros"** literalmente, pero...
Habla por ti.
¿Oh?
Yo era un **crío.** Éramos criaturas impulsivas, tan solo seguimos la corriente. No **disfruto** de la violencia, ya no.
¿Guillotinaste a alguien?
Pssssh, no. Debí romper alguna ventana aquí y allá, pero nada más.
¡Escuchad, escuchad!
Fue nuestra hora más gloriosa. Fuimos **héroes.**
Vive la Révolution!
Liberté! Égalité!
Ja, ja, ja, ***Fraternité!***
Aun así, estaba emocionado por ver cómo cambiaban las cosas durante mi vida. Y cómo continúan cambiando.
Y piensa en **todo** lo que queda por ver.

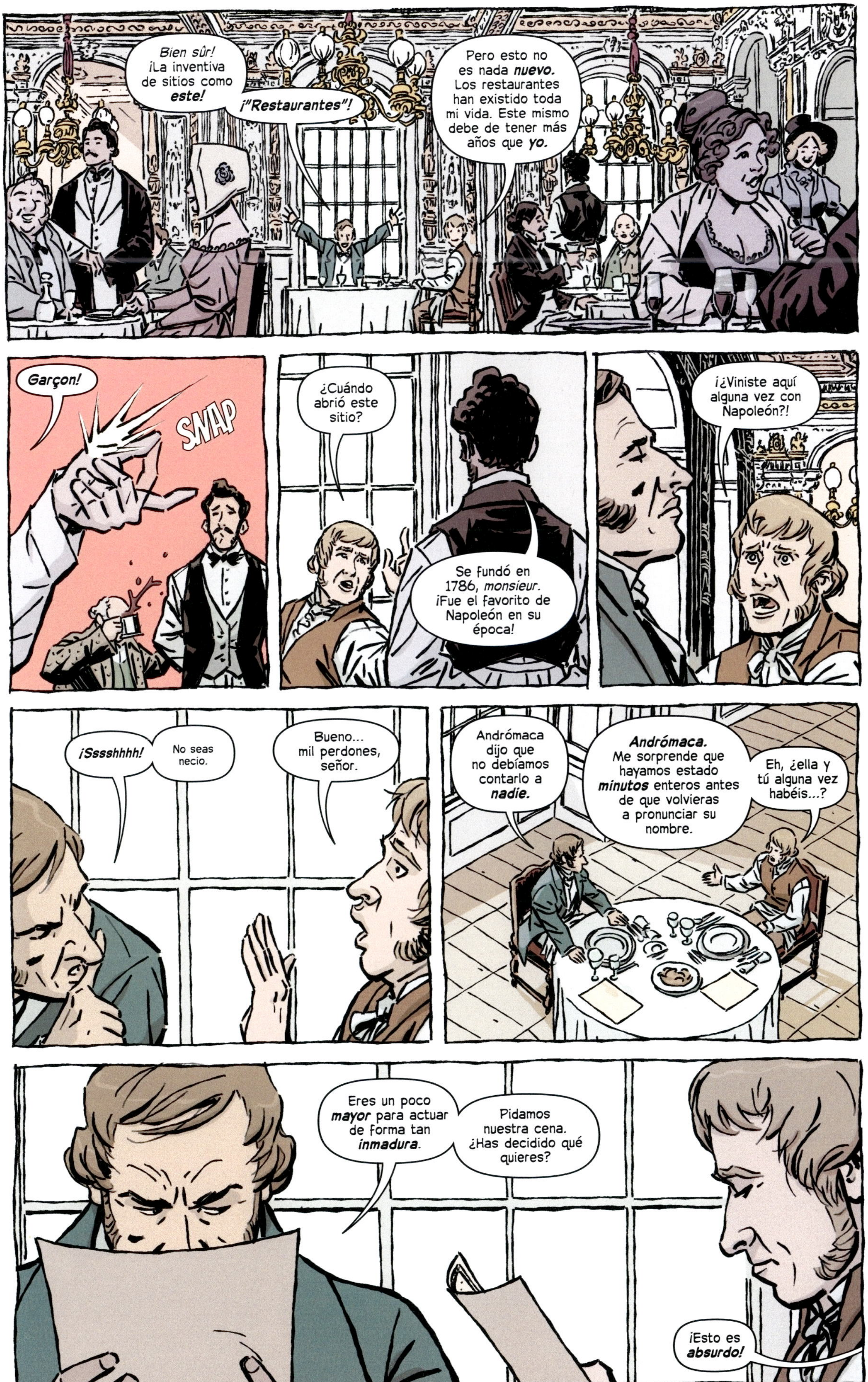
Bien sûr! ¡La inventiva de sitios como este!
¡"Restaurantes"!
Pero esto no es nada nuevo. Los restaurantes han existido toda mi vida. Este mismo debe de tener más años que yo.
Garçon!
SNAP
¿Cuándo abrió este sitio?
Se fundó en 1786, monsieur. ¡Fue el favorito de Napoleón en su época!
¡¿Viniste aquí alguna vez con Napoleón?!
¡Sssshhhh!
No seas necio.
Bueno... mil perdones, señor.
Andrómaca dijo que no debíamos contarlo a nadie.
Andrómaca. Me sorprende que hayamos estado minutos enteros antes de que volvieras a pronunciar su nombre.
Eh, ¿ella y tú alguna vez habéis...?
Eres un poco mayor para actuar de forma tan inmadura.
Pidamos nuestra cena. ¿Has decidido qué quieres?
¡Esto es absurdo!

¿Cómo puede justificarse *esta cuenta?*
¡Anuncias una cena de cuatro platos y bebida por *quatre francs vingt-cinq!*
Esa es la selección de *prix fixe*, señor. Pero monsieur ha pedido *à la carte*. ***Muchos*** platos.
Y una gran cantidad de vino.
Ridículo. Exijo hablar con el encargado.
Supongo que no eres el único ***poco acostumbrado*** a todo esto. Los precios están impresos claramente en el menú.
¿Nunca ha estado en un restaurante? Será ***patán...***
Bueno, veamos.
Monsieur, apreciamos que haya venido. ¿Cómo puedo ayudarle?
Esto es propio de ***asaltadores de caminos.***
Señor.

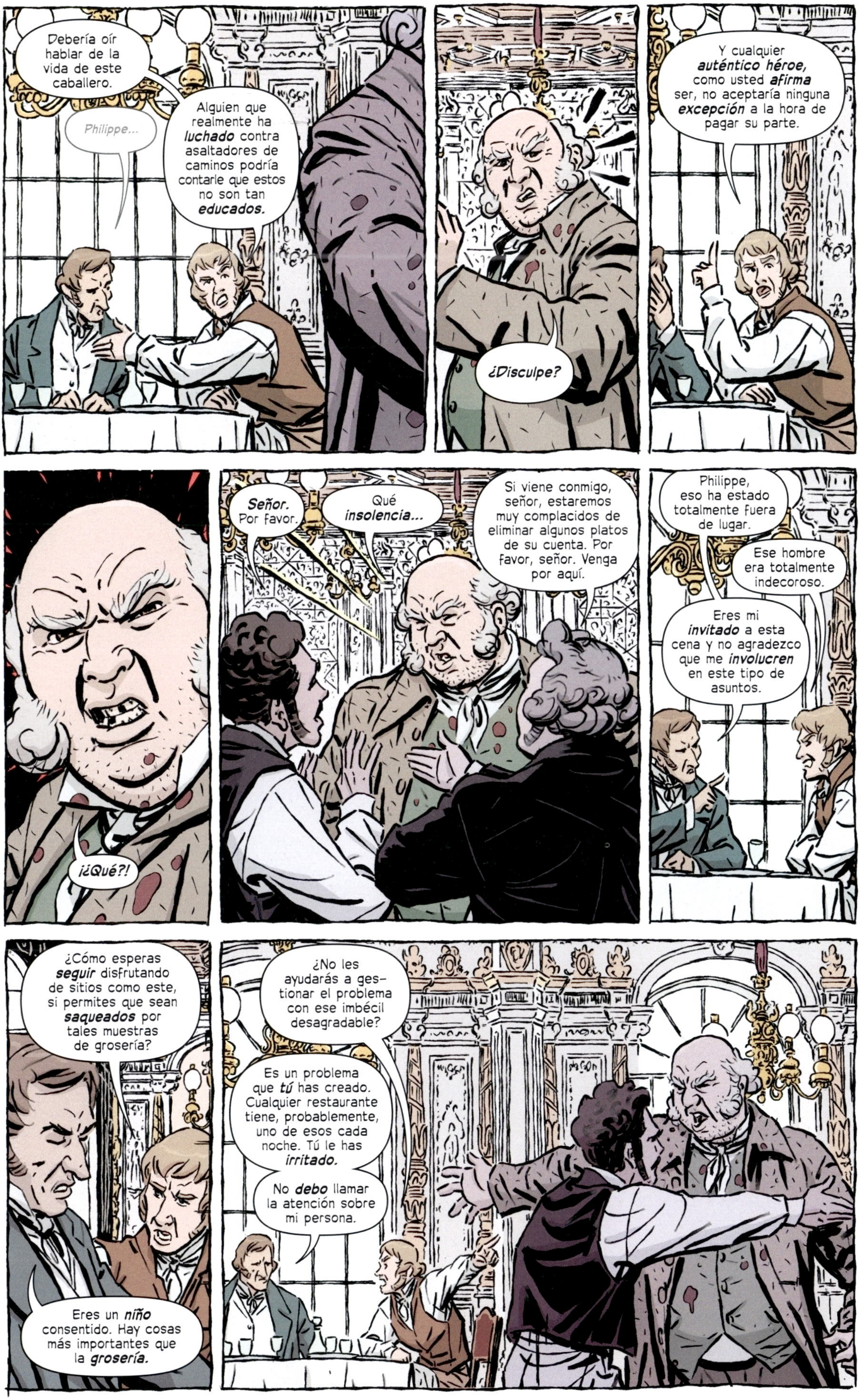
Debería oír hablar de la vida de este caballero.
Philippe...
Alguien que realmente ha *luchado* contra asaltadores de caminos podría contarle que estos no son tan *educados.*
¿Disculpe?
Y cualquier *auténtico héroe,* como usted *afirma* ser, no aceptaría ninguna *excepción* a la hora de pagar su parte.
¡¿Qué?!
Señor. Por favor.
Qué *insolencia...*
Si viene conmigo, señor, estaremos muy complacidos de eliminar algunos platos de su cuenta. Por favor, señor. Venga por aquí.
Philippe, eso ha estado totalmente fuera de lugar.
Ese hombre era totalmente indecoroso.
Eres mi *invitado* a esta cena y no agradezco que me *involucren* en este tipo de asuntos.
¿Cómo esperas *seguir* disfrutando de sitios como este, si permites que sean *saqueados* por tales muestras de grosería?
Eres un *niño* consentido. Hay cosas más importantes que la *grosería.*
¿No les ayudarás a gestionar el problema con ese imbécil desagradable?
Es un problema que *tú* has creado. Cualquier restaurante tiene, probablemente, uno de esos cada noche. Tú le has *irritado.*
No *debo* llamar la atención sobre mi persona.

¿Eso es lo que *Andrómaca* te ha enseñado?
Tienes lo mismo de *héroe* que ese necio borracho.
Andrómaca tiene razón. Me equivoqué al contarte la verdad sobre mí.
¡Soltadme!
¡Uuuf...!
¡Señor! Por... Por favor...
Attends!

Monsieur! *Mon frère.*
Qué gran velada hemos pasado juntos, *¿n'est-ce pas?*
¿Qué gente, eh? Les ***gusta*** olvidar.
Para ellos el mundo ha existido siempre tal como es ahora.
Le invito a una copa.
Pero hombres como usted y yo, recordamos otra cosa. Hemos vivido en un mundo... ahora es otro distinto.
Todo va bien, Jean-Michel. Tomaré una copa de vino con mi amigo antes de que se vaya.
¿Y en qué trabaja?
Je suis jardinier. En una finca. Y ahora en una escuela.
Y alzó su *machette* y *fourche* durante la *Révolution.*
Oui. Y serví bajo las órdenes de Napoleón.
Hombres como usted, *compère*, ***saben*** que el mundo cambia.
C'est vrai.
Se han manchado de ***barro*** para hacerlo posible.
Y esa gente, tan solo tienen que ***disfrutarlo.***
Cerdos bourgeois.
Ahh, ¿pero ***envidia*** acaso a alguien contemplando ese jardín que solo ***usted*** cultivó?
Salut, amigo.
Sabe, yo también serví a las órdenes de Napoleón.

¡¿"Hombres como usted y yo"?!
¡¿Pero se cree que soy un *idiota?!* Un joven *bourgeois* como tú, luchando por Napoleón... ¡Hace veinticinco años!
¡*Salut,* imbécil!

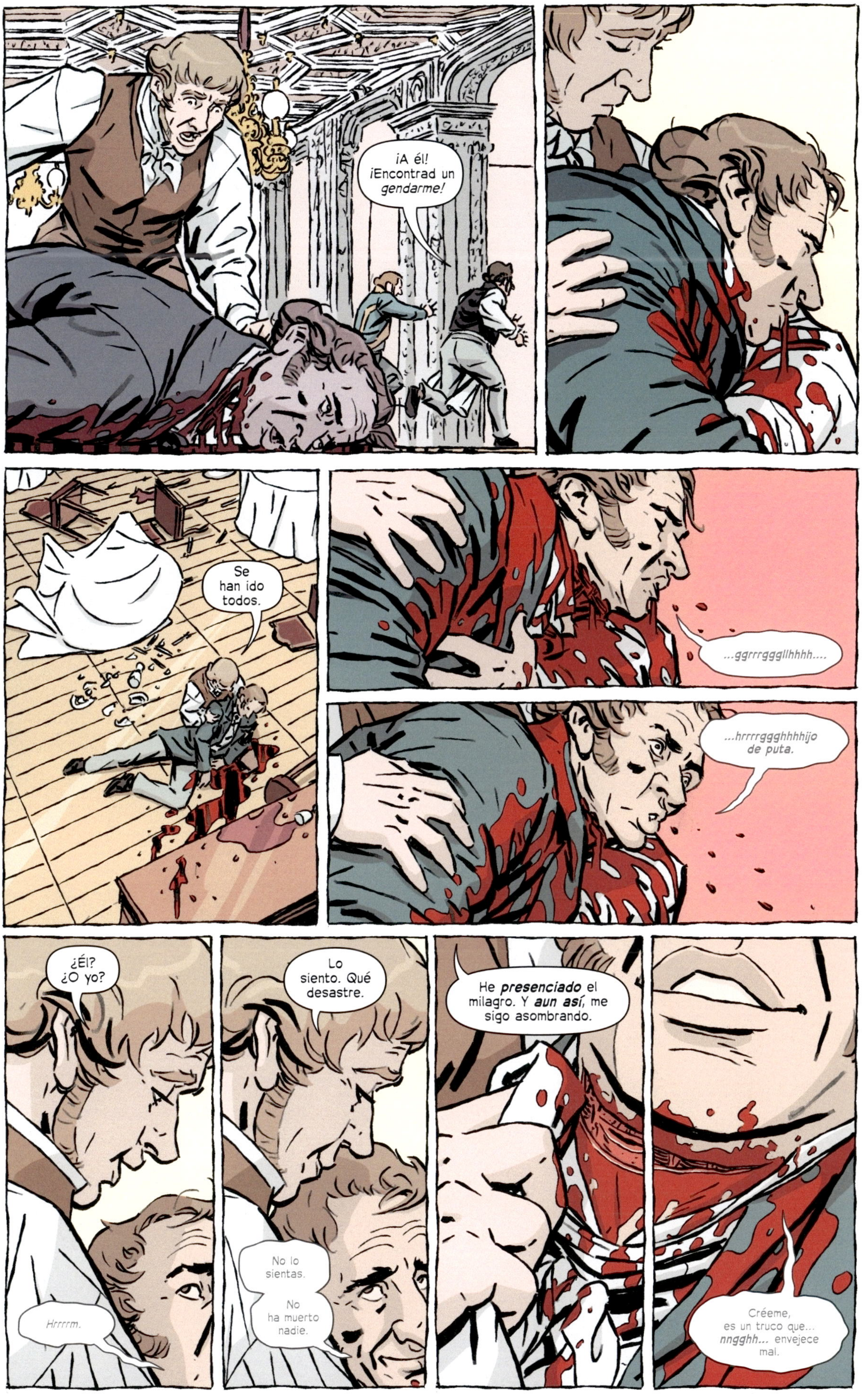
¡A él! ¡Encontrad un *gendarme*!
Se han ido todos.
...ggrrrgggllhhhh....
...hrrrrggghhhhhijo de puta.
¿Él? ¿O yo?
Hrrrrm.
Lo siento. Qué desastre.
No lo sientas.
No ha muerto nadie.
He **presenciado** el milagro. Y **aun así**, me sigo asombrando.
Créeme, es un truco que... **nngghh...** envejece mal.

No como tú, papá.
Ayuda a este viejo a levantarse.
Hnnh.
Es más fácil con mi hijo para ayudarme.
Les Trois Freres Provençaux
¿Unos *centimes* para el pobre veterano?

"Hemos vivido en un mundo...
ahora es otro distinto."

QUE CUMPLAS MUCHOS MAS

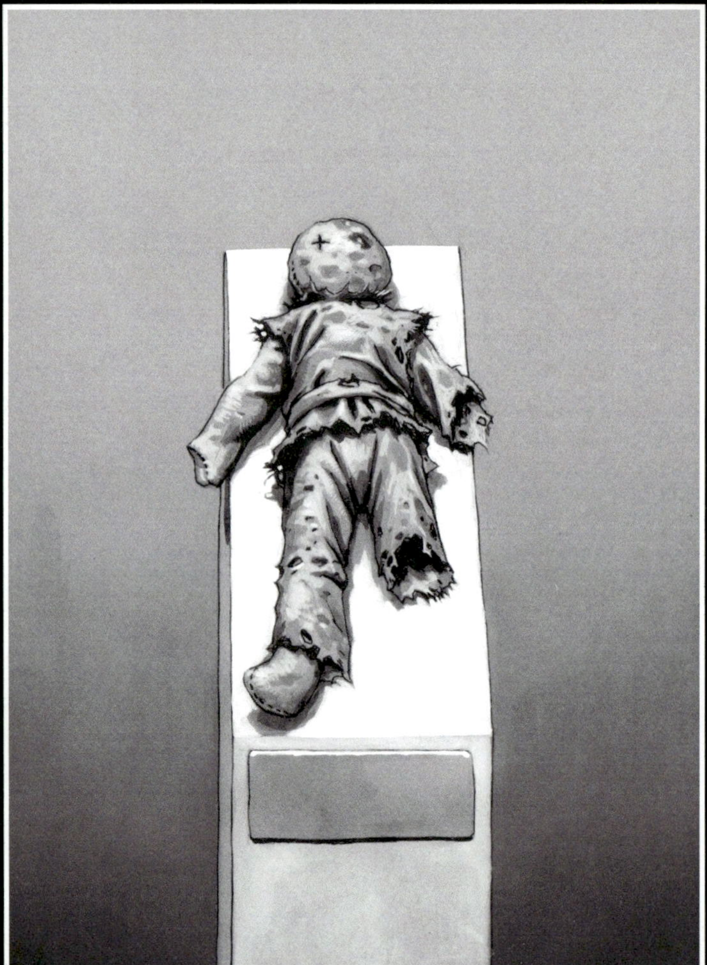

GUION DE VITA AYALA
DIBUJO DE NICOLA SCOTT
COLOR DE ANNETTE KWOK
ROTULACIÓN ORIGINAL DE JODI WYNNE

MUSÉE D'HISTOIRE DE MARSEILLE, FRANCIA.
Si me siguen hacia el vestíbulo, llegaremos a una exposición muy especial.
Les Choses Qu'ils Tenaient, una muestra centrada en los soldados de las Guerras Napoleónicas, que ha sido preparada durante siete años.
CENTRE BOURSE
LES CHOSES QU'ILS TENAIENT
Ah, ¿otra vez, señor? Es la tercera vez en lo que va de semana. Pronto será capaz de hacer de ***guía***, ***¿no?***
Siempre hay algo nuevo que aprender.
¡Por supuesto!
Por primera vez, las vidas de estos hombres ordinarios llamados a filas son objeto de nuestra mirada.

Una nueva tendencia en nuestra comprensión de la historia que nos acerca a la verdad a través de la empatía con los hombres comunes.
Si proseguimos, dejaremos atrás las guerras, y analizaremos los dibujos de los nativos de las colonias francesas...

Te has pasado un buen rato.
Ya sé que estamos muy metidas, pero por volver a comprobarlo.
¿Estás *segura* de todo esto?
Ha sido *idea* tuya, chica.
¿Te estás echando atrás?
No. Es que... quería asegurarme. *De todas formas,* aquí está toda la información que he conseguido durante la formación.
Eres una abeja laboriosa.
Tengo cara de persona honrada, hay que reconocerlo.
Así que tengo los horarios de todo el personal de seguridad y limpieza, y de los proveedores que están al caer. Más abajo verás el plan que he preparado.

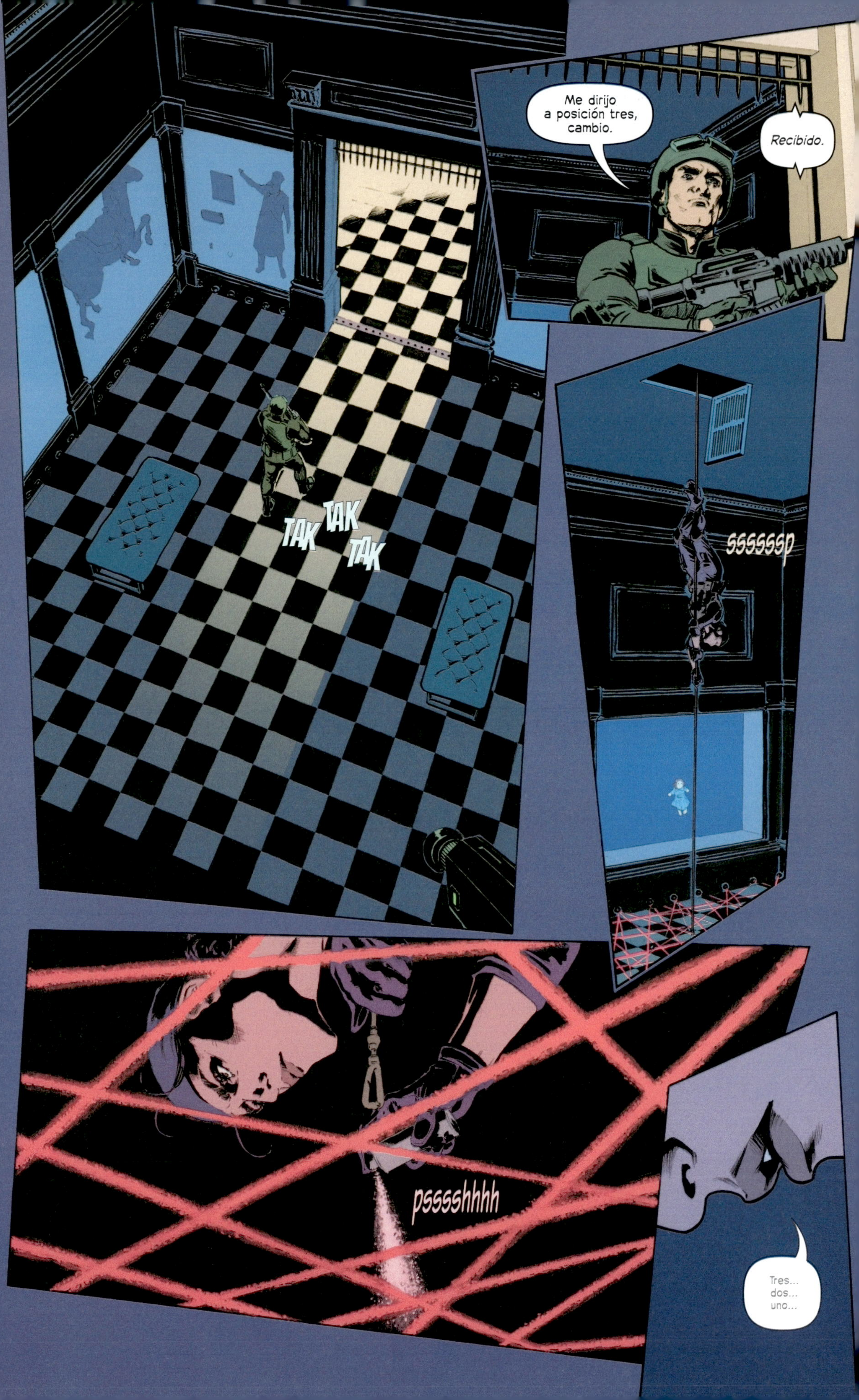
TAK
TAK
TAK
Me dirijo a posición tres, cambio.
Recibido.
sssssp
psssshhhh
Tres... dos... uno...

Fuerza letal autorizada, *¡vamos, vamos, vamos!*
¡Mierda!
¿Pero...?
KRAKKA KRAKKA KRAKKA
¡Joder, joder, *joder!*
"Nuh-uh, no."
"¿Pero a ti *qué* te pasa?"
"¿Qué? ¡Podría pasar!"
Vale, *uno,* estuviste de acuerdo, ¡nada de *muertos* en este trabajo!
Bueno, ¿y cómo explicas el generador secundario entonces?
Dos, tienes que dejar de ver películas de robos. Ya te he dicho que no hay láseres.
Si leyeras *el puto archivo,* ¡sabrías para qué sirve!

"O me lo podrías explicar tú misma."
"Andy."
MUSÉE D'HISTOIRE DE MARSEILLE
Gracias otra vez por acompañarme esta noche.
¡Es un placer!
La exhibición especial ***siempre*** es una sorpresa en cuanto a suciedad... ¡Me sorprende que te la hayan dado a ti en tu primera noche!
CHA-THUMP
¿Quién...?
Buenas noches, señoras.
¡Buenas noches, Nic!
Hola, Nic.
Espera, ***¿cuánto*** dices que ***pagaron?***
¡Le oí decir a uno de los gerentes que probablemente era una falsificación!
CRUNCH
¡UgH!

¿De *verdad* es tan malo?
Créeme, ***siempre*** piden limpieza después de una gran fiesta. Los ricos no saben comportarse.
Después de mi primer año sacando vómito de la fuente a cucharadas, dije *¡nunca más!*
Ostras...
Hmmm, el conductor llega un poco tarde.
¿Quieres comprobar la parte de atrás, Phil, o haces la próxima ronda?
Ah, *¡hago la ronda! ¡No he tenido ocasión de echarle un vistazo a la Exhibición Especial aún, creo que daré un pequeño rodeo!*
Es impresionante. Traje a mi madre la semana pasada.
Y, básicamente, eso es todo.
Eres la mejor, Terry.
Me acuerdo de cómo fue cuando empecé aquí. *¡Pero tú le has cogido el tranquillo en seguida!*
Se supone que no pueden parar ahí, pero esos conductores, siempre la *lían* cuando vienen.
Por eso espero a limpiar ese baño el último. *¡Mean como si les pagaran un extra por acertar a la pared!*

Ronda tres completada. Relevo para ronda cuatro.
¡Esa me toca a mí hoy!
He informado sobre una fuga en la zona sur. Acuérdate de pasar por ahí y comprobar que no haya ido a peor.
¡Claro!
¡Lo tengo controlado, adelántate y tómate el descanso! Yo acabaré aquí.
Gracias, no puedo creer que vaya tan retrasada.
¡Gracias a ti por **toda** tu ayuda! ¡Ahora, vete, come algo y échate un rato!
SÉCURITÉ
...me paso por el sector sur ***después*** de comprobar la exhibición especial...
Hostia...
¿Me recibes?
Me estoy aproximando al objetivo.
Ve rápida.
"Estás a punto de tener compañía."
♩♫♪♫♩♩
LES CHOSES QU'ILS TENAIEN

¡Se supone que nadie debe pasar por aquí hasta la ronda seis!
Bueno, tu plan perfecto no ha considerado al personal nocturno amante del arte.
Necesito **más tiempo,** Andy.
¡Mierda!
*¡Tres minutos como **mucho!***
Y nada de matar, ¿verdad?
¡Te juro por Dios que no sé cuándo estás de broma!
***Repito**, ¡ha chocado contra la verja!*
Phil, vuelve, ¡necesito que me ayudes!
¡La madre que le ***parió!***
¡Le he dicho que esperara hasta que le indicáramos la salida!
Pero, a ver, ¡¿cómo que no ha visto la verja?!
¿Dónde...? Debo estar viendo visiones...

UNDAERGROUND
buuuurp
¡Putas llaves!
¿Eh?
¿Qué...? ¿Quién?
Mon Dieu, comment...?

¡Papá!
Papá...
Prométenos que no nos olvidarás, papá.
¡Nunca!

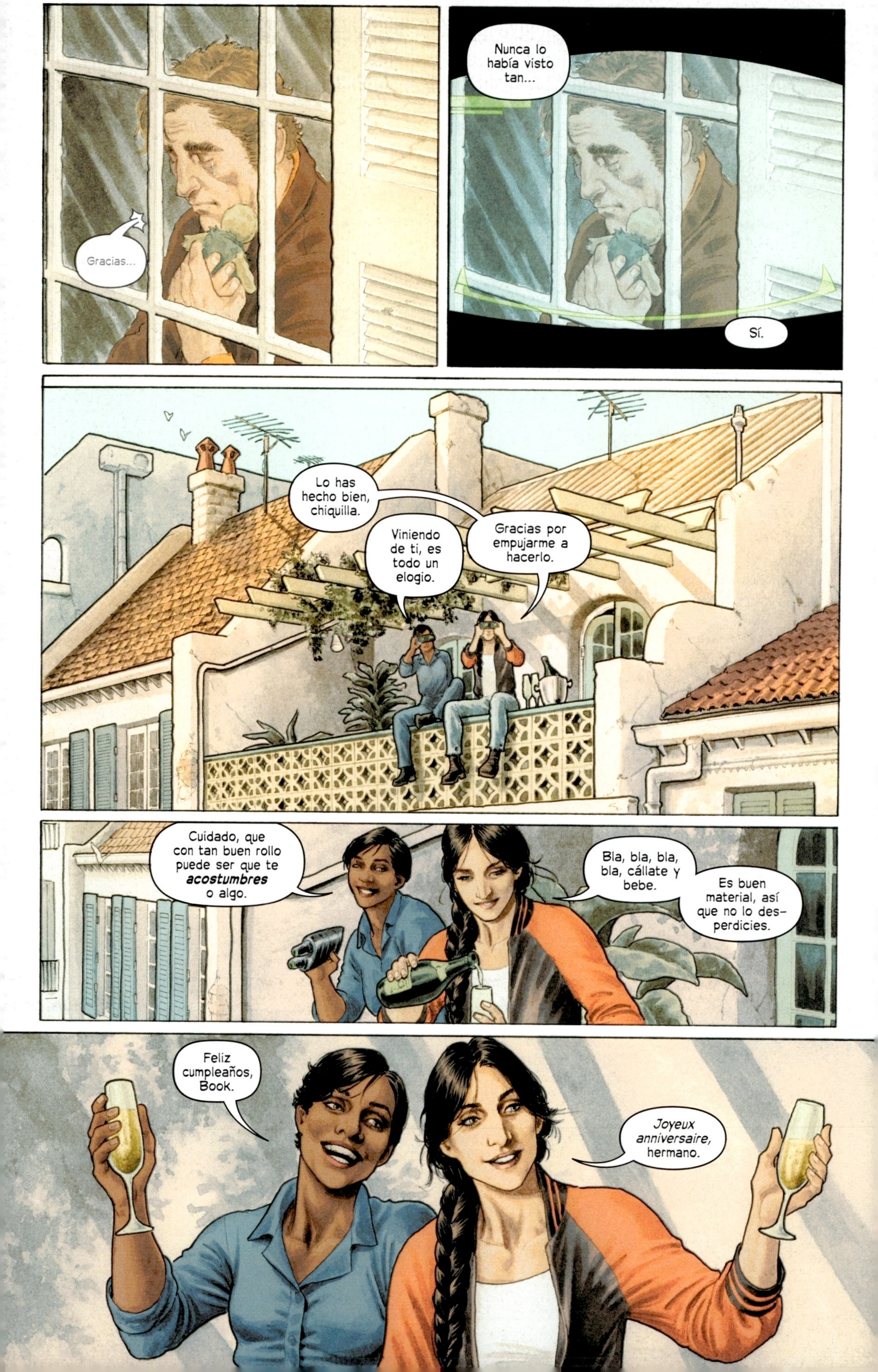
Gracias...
Nunca lo había visto tan...
Sí.
Lo has hecho bien, chiquilla.
Gracias por empujarme a hacerlo.
Viniendo de ti, es todo un elogio.
Cuidado, que con tan buen rollo puede ser que te ***acostumbres*** o algo.
Bla, bla, bla, bla, cállate y bebe.
Es buen material, así que no lo desperdicies.
Feliz cumpleaños, Book.
Joyeux anniversaire, hermano.

"Siempre hay algo nuevo que aprender."

EL OSO

GUION DE GREG RUCKA
DIBUJO DE LEANDRO FERNÁNDEZ
COLOR DE DANIELA MIWA
ROTULACIÓN ORIGINAL DE JODI WYNNE

BREWING CO
GRIZZLY
20% OFF
SALE!
ding
ding
Vaya, vaya, ***vaya,*** mirad a quién tenemos aquí...

GRIZZLY GENERAL STORE
¡...no pensé que te veríamos hasta la semana que *viene*, Isaac!
Yo tampoco, Dot, pero ya sabes, mis ***viejos huesos...***
Me desperté hace un par de días y ***notaba*** cómo se acercaba el ***frío...***
...supuse que era mejor acercarme al pueblo antes de que tuviera que esperar ***seis meses*** para ir de ***compras.***
Eso sería insoportable, sí.
Y estar el uno sin el otro seis meses más, también.
¿Volverás mañana?
Lo primero que haré.
Haré que John cargue el bote para ti, entonces.
Eres muy amable, Dot.
¿Te veo más tarde en Red's?
Sí, claro.
Gracias, Dottie.

Eh, ¿eres tú, Isaac? ¡Cuánto tiempo!
¡Hola, Zeshi! Mucho tiempo, sí.
¿Suministros?
Sí. ¿Y tú?
También. ¿Te veo en Red's?
Ahora voy para allá.
EXIT
¡Isaac! ¡Y una semana *antes!*
¿Todo el mundo lo ha *oído...?*
RED'S
BAR
¡Se acerca el *frío!*

RED'S
BAR
Oye, Isaac...
...tengo unos *cuantos* paquetes para ti, por cierto.
Los he tenido guardados desde que estuviste por última vez en el pueblo.
BEER
Te lo agradezco, Red. ¿Qué te *debo?*
No seas *tonto,* tío. No es molestia, ya lo sabes.
Dicen que hay chicas por aquí muriéndose de *sed.*
Eso no nos gustaría.
Una chica también podría morir de *frío.*
Ah, Dot...
...hay un *montón* de formas de sentir calor.

FOUR STROKE
50
Sea Salt

Sea Salt

Ah, por el amor de...

Sniff
Sniff
¡Eh!

Vuelve aquí.
Déjalo.
Me has oído...
...muy bien.
hrmmm
Fantástico.
Vamos...
...no me irá mal tener algo de compañía...
LEANDRO FERNÁNDEZ

“Pero ya sabes, mis *viejos huesos*...”

Cubierta del número uno de Leandro Fernández y Daniela Miwa

Cubierta del número dos de Leandro Fernández y Daniela Miwa

CUBIERTA DEL NÚMERO TRES DE **LEANDRO FERNÁNDEZ** Y **DANIELA MIWA**

CUBIERTA DEL NÚMERO CUATRO DE **LEANDRO FERNÁNDEZ** Y **DANIELA MIWA**

CUBIERTA DEL NÚMERO CINCO DE **LEANDRO FERNÁNDEZ** Y **DANIELA MIWA**

Cubierta del número seis de **Leandro Fernández** y **Daniela Miwa**

CUBIERTA ALTERNATIVA DEL NÚMERO UNO DE JACOPO CAMAGNI Y DANIELA MIWA

CUBIERTA ALTERNATIVA DEL NÚMERO DOS DE VALENTINE DE LANDRO

CUBIERTA ALTERNATIVA DEL NÚMERO TRES DE MICHAEL AVON OEMING Y TAKI SOMA

Cubierta alternativa del número cuatro de **STEVE LIEBER** y **DANIELA MIWA**

CUBIERTA ALTERNATIVA DEL NÚMERO CINCO DE **RAFAEL ALBUQUERQUE**